日本橋物語

蜻蛉屋お瑛

森真沙子

時代小説

二見時代小説文庫

目次

壱の話　雨色お月さん　7
弐の話　金襴緞子の帯しめて　58
参の話　化け地蔵　115
四の話　狸御殿　138
五の話　七夕美人　208
六の話　葛橋　265

日本橋物語——蜻蛉屋お瑛

壱の話　雨色お月さん

1

七日間も雨が降り続いていた。

鬱陶《うっとう》しいお天気で……と人は顔を合わせるたび決まって言うが、お瑛《えい》は必ずしもそうは思っていない。

雨には、音も、色も、匂いもあるのだ。蛇の目傘に落ちかかる雨音や、雨樋を伝う水音は懐かしい。雨に洗われた植木の緑や、雨を吸った土や樹木の匂いには、いつも心洗われ、生き返ったような心地がする。

爪革《つまかわ》つきの時雨《しぐれ》下駄で、思い切り裾をたくし上げて歩くと、娘の頃に帰ったようないいいおきゃんな気分になる。

今も、緑深い武家屋敷に草木染めの織物を届け、身も心も緑に染まって帰ってきたところ。お出かけ用の渋い粋な弁慶格子の着物のまま、お瑛は座り込んでお茶を啜っていた。

屋根を打つ雨音に心和ませていると、店先が騒がしくなった。

「ねえねえ、ここがとんぼ屋よ」

「あら、ここがとんぼ屋？」

町娘たちの華やいだ声が聞こえてくる。

お瑛は座ったまま、着物の襟をかき合わせて表を窺った。暖簾《のれん》をかき分けて、娘たちの白い顔が代わるがわる覗く。店内にくゆらせている南禅寺香の仄《ほの》かな香りをかいで、あら、いい匂い……と鼻をひくつかせてその顔が引っ込む。

あのねえ、とお瑛はいつもながら思うのだった。悪いけどうちは〝とんぼ〟なんて下世話な名前じゃないの。〝かげろう〟と読んでちょうだい。『蜻蛉屋』と書いて〝かげろうや〟と読むの。

五年前、日本橋は式部小路に染織工芸の店を開いた時、〝蜻蛉〟という美しい響きに憧れて命名した。

蜻蛉みたいに店が消えてしまったらどうする、と反対する人もいたが、蜻蛉みたいに消えていくあえかな自然色を布に染め上げる、という思いをこめたつもりだった。

ところがお客は勝手なもので、紺地の長暖簾に〝蜻蛉屋〟と白く染め抜くと、皆は〝とんぼ屋〟と読んだ。

海鼠《なまこ》壁にべんがら格子の飾り窓、紺の長暖簾。そんなお洒落な造りが受けて、いつしか〝べんがら格子のとんぼ屋〟として口伝えに広まった。お瑛自身さえ、とんぼ屋と口走ることがある。

主に扱っているのは、ふつうの呉服屋にはない草木染め古代色の染織物。さらに奥の棚には、骨董と、地方の窯で焼いた陶磁器を山ほど並べた。目につきやすい店頭には籠を置いて、美しい暖簾や端布《はぎれ》、安価な豆皿などを色とりどりに溢れさせた。

そうした工夫が、若い人々に人気を呼んだらしい。初めは一人でこま鼠のように切り回していたのが、今は奉公人を二人も雇うまでになった。番頭の市兵衛《いちべえ》と、雑用係のお民《たみ》である。

家にはさらに病床に臥す義母のお豊《とよ》と、古くからいる老女中のお初《はつ》がいて、つごう五人の暮らしが、お瑛ひとりの華奢な肩にかかっているのだった。

「わあ、きれい」

「すてき!」

ぞろぞろと店に入ってきた四人が、嬌声をあげた。当節流行のふくら雀に結った十五、六の娘たちである。

「これでお手玉作ろうっと」

さっそく飾り籠に山と積んだ端布を手に取っている。

ふふん、無邪気なもんね、とお瑛はひとり微笑んだ。あたしのあの頃は、もっと大人だったような気がするけど――。

今は二十九歳。充分に大人の女だが、あの娘たちと少しも変わらぬ少女の部分を、今も自分の中に感じている。美しいものに憧れ、流行に神経を尖らせ、おかしい時は笑い転げるおきゃんさだ。

だから自分が好きな布、気に入った器を店に置けば、必ず誰かが買ってくれると信じられるのだった。

「ほら、民さん……」

ぼうっと突っ立ってないで、という叱咤の言葉が喉から出そうになる。まったくこの子ったら、気が利かないんだから。

「その小簞笥《だんす》から、お手玉を出して見せておあげ」

その時、暖簾を分けて、ふらりと店に入ってきた男がいた。

あら、あの人……。

お瑛はふと数日前の記憶を探った。

確か閉店間際に来ておずおずと織物を眺めていた、あの内気そうな若者ではないかしら。話しかけようとしたらそそくさと出て行ったので、かえってよく覚えている。

懐から手拭いを出し、額を拭いているその端正な横顔。間違いない。年は二十三、四か。尻を端折《はしょ》った職人風のいでたちで、少し青白いが引き締まった顔をしている。

「また降り出しました?」

小ぶりに結ったくずし島田のほつれをかきあげながら、お瑛はさりげなく話しかける。

「霧雨ですが」

短い答えが返ってくる。

この店に来る男客は、たいがい陶器や骨董の趣味があって、そちらの棚の前にまっすぐ進む。他店にはない藩窯で焼かれた陶磁器や、はるか遠方の窯のものを置いてるからだ。

若者は、今日は決然とした表情を浮かべて、織物の棚に歩み寄った。場違いな自分を照れているようだが、もう心を決めている様子である。

お瑛は切れ長な目で帳場に座っている番頭に目配せし、そっと奥に引っ込んだ。あのお客をよろしくと目で言ったのだ。

二つ年下の市兵衛は勘のいい番頭だったから、どんな合図も的を外さずに受け止め、ちゃんとさばいてくれる。


「お熱はどう?」

渡り廊下で出会った老女中のお初に訊ねる。ぷんと膏薬《こうやく》の匂いがした。

「はい、昨日、定斎屋《じょさいや》で買ったお薬が効いたようでございますね」

「それはよかった。何か召し上がった?」

「はい、卵焼きを二切れとおかゆを少し……。今はよく眠っておいでです」

お瑛は頷いて部屋に入る。

薬湯の香が漂う中に、お豊はひっそりと寝ていた。その一回り小さくなった病み疲れた顔をしばらく眺めた。部屋がむし暑いため、小鼻の脇にうっすらと汗を滲ませ、眉を軽く顰《しか》めている。

口やかましいご隠居様として一目置かれていたのは、思えば去年の今頃までだった。嫌な咳をするようになって寝込み、時々は痰に血が混じるようになって、今はほとんど寝たきりだ。身の回りの何もかもをお初に任せて、眠っていることが多い。

その閉じた目が、いつか開かなくなる日が来ると思うと、喩《たと》えようもなく心細い気分に襲われる……。

義父、すなわちお豊の夫の増五郎《ますごろう》は、生前この場所で「蓑屋《みの》」という書画骨董の店を営んでいた。六年前に病死した時、勘当同然で家を出ていた長男弥太郎《やたろう》が現れ、家督の相続を申し立てた。

だが道理が合わないことを嫌うお豊は、自身番に駆け込み、やくざ稼業に身を落として家を顧《かえ》りみない我が子を訴え、調停を頼んだのである。さすがに弥太郎は驚いて身を引き、おかげで家督は継《まま》娘のお瑛に譲られたのだった。

大事にしている皿を誰かが割ったとする。すると破片を総て集めさせ、きっちり元の姿に復元させる。一片でも欠損があると、どこにあるか厳しく探させた。

「あたしゃね、皿を割ったことを責めてるんじゃない。欠けた部分はどこかに転がっていて、必ず後で誰かが踏み抜くだろう。そうならないようにするのが、割った者の始末ってもんだよ」

そんなお豊の支えがなければ、土一升金一升と言われるこの日本橋に、こんな店を開くことなど叶うはずもなかったのだ——。

お瑛は台所に回って、茶漬けを一椀、香の物と佃煮でさらさら流し込む。口を漱《すす》ぎ、化粧を直して、四半刻（三十分）足らずで店に戻った。娘たちはもう居なくなっており、籠の中の端布はすっかり売れている。

驚いたのは、先ほどのあの若者がまだ残っていたことだ。何種類かの織物を並べてためつすがめつし、しきりに迷っているらしい。そのどれも若やいだ、華やかな色ばかりだった。

番頭の市兵衛は、中年婦人と接客中だったが、さりげなく目で合図を送ってくる。どうやらかれの手には余ったらしい。

いよいよお瑛の出番である。

2

「……おつかい物ですか？」

片付けのついでを装ってそばに寄り、にこやかに話しかける。

若者は赤くなり、はにかみ笑いを浮かべて頷《うなず》いたきり何も答えない。番頭が困っていたのはこれなのだ。たまにいる。内気すぎてどう訊ねても人形のように口を開かない、気の弱いお客が。あげくに、身の置き所がなさそうに出て行ってしまうのだ。

「こんな反物を差し上げたら、喜ばれるでしょうね」

「ただ、あの……」

「ええ、好みはあるでしょうけど、草木染めはどんな方にも似合うんですよ。自然色ですから、ほら、どことなくくすんで深いでしょう。どの色も、決して派手にはならないし、地味にもなりません。そこが草木染めのいいところです」

「あの、十九くらいですが、この色は……」

誘われたように言い、見本帳のお納戸色《なんどいろ》を指さした。

「ああ、若い娘さんが藍染めを着ると素敵ですね。失礼ですけどそのお方、小柄でいらっしゃる？」

「はあ」

「じゃあ、撫子色《なでしこいろ》みたいな明るい色がいいんじゃないかしら」

お瑛は白い美しい手に布を絡ませて、微笑んだ。

「もし何かのお祝いでしたら、この茜《あかね》染めなんかも華やかでいいもんですよ。これは京で染めている染織家のお作です」

「これは？」

「ああ、これは月草《つきくさ》といってツユクサの一種で染めたものです。きれいな縹色《はなだいろ》だけど、ただ月草で染めたものは色落ちしやすいのね」

だから和歌では心変わりの喩《たと》えに使われる、とまでは言わない。

相手は頷いて見本帳をじっと見つめ、心が動いたものがあれば手に取って見る。すかさずその反物を奥から出させて、目の前に広げて見せるのだ。

そんなやり方で、お瑛はとうとう一つの染織物を、この寡黙な若者の脳裡から探り出した。

それは紫根、すなわち紫草の根を使って染めた薄紫色である。この藤色に近いはんなりした色こそ、おそらく意中の人に着せてみたい色なのだろう。

色が白くて、黒目がちな、楚々とした女が、鮮やかに目の裏に浮かび上がる。お瑛は閃《ひらめ》いて、濃紫の地に薄桃色の花の描かれた帯を出してきて、反物と合わせてみた。

「まあ、なんていいお色……」

我ながら溜め息が出るほど美しかった。

「武蔵野に咲く紫草の根を使ったんですって。紫草といっても、可憐な白い花が咲くそうだから、色の白い楚々としたお嬢様にお似合いになりそうねえ」

若者は、上気した顔に得心の表情を浮かべて頷いた。

とはいえこの織物も帯も、貧しげなこの若者にはとても手の届きそうにない、高価な値がついている。お瑛は高い物を薦めている自分に嫌気がさして、それをそっと脇に押しやり、もっと安価なものを手に取ろうとした。

だが若者は値を聞くと頷いて、即座に言った。

「両方、包んで下さい」

「織物と帯の両方……ですか？　はい、有り難うございます。あの、お品は後でお宅まで届けるように致しましょうか、お代はその時で結構ですから……」

「いえ」

若者は初めて笑った。笑うと白い健康そうな歯が見える。

ずしりとした包みを懐から取り出し、十五両に近い金をそこに無造作に並べた時は、お瑛は自分の不明を恥じた。

もともとその覚悟で、それなりの用意をしてきたのだろう。お瑛は品物を美しい和紙にきっちりくるんで差し出し、端数を切り下げた金を受け取った。

「これを着物にして召したお姿を、ひと目拝見したいものですね」

店から送り出す時に、ついそんな言葉が口に出た。お世辞めいて聞こえたかもしれないが、本心だった。

それが通じたのだろうか、若者は一瞬立ち止まり、一呼吸おいて振り返った。

「着て、ここに来るように言いますよ。その代わり女将《おかみ》さん、ちょっと頼まれてくれませんか」

「まあ、何でしょう」

「もし現れたら……」

言いかけて少し言葉を選んでいたが、

「手前はこの後、ちょっと遠くへ行きますんでね。もし現れて、手前のことを何か聞かれたら、そう言ってやってくれますか」

「はあ、でも、何と?」

何か事情があるのだろうとは察したが、何が何だかよく呑み込めなかった。

「遠くへ行って当分戻れないと……。いや、なに、お忘れだったら、それはそれでいいんですが。もし覚えていたら、その時はそう言ってやって下されば……頼みます」

言い置くや、高価な包みを大事そうに抱えて店を出た。

後を追うようにお瑛も外に出ると、夕闇漂う雑踏の中に消えていく後姿《うしろすがた》がチラと見えた。呼び止めたい気がした。こんな妙な伝言を頼まれてもいいのだろうか、と心もとなかったのだ。

雨はすでに上がっていて、柔らかい茜色の雲がゆっくり動いている。町には、雨の後の生暖かな湿った空気が漂っており、男の姿は人混みに紛れてすぐに見えなくなった。


「大丈夫ですかね、おかみさん」

小判を金庫に納めながら、市兵衛が案じ顔で言う。

「それどういう意味よ」

「あんな大金をぽんと現金で払うとはねえ、払った直後に遠くへ行くってのも、どうも変じゃないすか」

「………」

「少なくとも、ありゃハンパな男じゃないな。曰《いわ》くつきの金とまでは申しませんが、どうも何かありそうだ」

「あのねえ」

お瑛は少しばかりむっとして言った。あの若者に肩入れする気持ちも、幾らかあったかもしれない。

「払わないならともかく、ちゃんと払ったんだからねえ。どう工面したか知らないけど、払ったお金をどうこう言うことないんじゃないの」

「ごもっともです。はい、仰せのとおりで」

市兵衛は笑ってあっさり降参し、暖簾を外しに出て行った。

お瑛としては、あの白い歯の覗く笑顔を思い出すだけで、あの大金が悪い因縁にまみれていないような気がするのだ。

ただ市兵衛が不安がる気持ちも分からないではない。開店してこのかた、お瑛は金銭を巡って、何度も酷いめに遭っているのだ。

聞き馴れた薬種問屋の名を名乗られて品物を渡してしまい、後で金を取りに行ったら、問屋の名前は一字違いの別名だったとか。

買った帯を、数日後に気に入らぬと返しにきたが、明らかに使用した跡があったとか。

去年はこんな騒動があった。一月頃から、染めの物を次々と買っていく、二十歳過ぎくらいの初々《ういうい》しい若者がいた。

千住大橋に近い三州《さんしゅう》屋という履物屋の跡取り息子で、駆け出しの下駄職人だという。気弱で真面目そうな見かけによらず、派手に女向きの染織物を買って行った。

おそらく三州屋は繁盛しているため、息子も羽振りがよく、好きな女に高い染織品を買ってやれるんだろう、と噂しあっていた。

　ところが暮れになって、赤ん坊を背負い、幼子の手を引いた一人の女が、突然店に現れた。三州屋の女房だと名乗った。三州屋の後妻で、あの若者の義母にあたる人という。

　丸顔で、娘の頃はたぶん相当な器量よしだったと思われる。だが三十代半ばらしい今は、背中の赤子が引きつけを起こしてよく泣くせいか、貧しげな引きつったような表情をしていた。

　生活は楽でなく、やりくりの大変さが顔に出ているようだ。そのくせどこか蓮っ葉な色気を漂わせている。

　義理の息子が少し前にここで買ったものだ、と彼女は反物を差し出し、金を返してほしいという。確かに見覚えのある品だった。

　もうこれ以上、あの子に品物を売りつけないでくれと。口八丁で売りつけるあんたが悪い、とでも言いたげな口調である。

「あの子はいつもこぼしてますよ。とんぼ屋さんに行くと、つい何やかやと高い物を買わされちまうって……。最近は親の金まで持ち出す有様でねえ。お宅さまと違ってうちは商いが小さいし、あの子の下には四人も子どもがいるんで、困ってるんですよ」

お瑛は頭に血が昇った。

品物を売りつけた覚えなど一度もない。たぶん息子は何も言っていないのに、この女が勝手に言いがかりをつけているのだろう。

いっそ啖呵を切りたいところだが、ここはぐっと我慢してやんわりと言った。

「それならば……どうか坊ちゃまをきつく戒めて下さいませ。今後この店には、金輪際足を踏みいれないようにと」

「まあ、調子のいいことを」

相手はむずかる子をあやしながら、薄笑いを浮かべた。

「お宅さんが自分で呼び寄せてるんでしょうが」

「あたしが？」

何かとんでもない悪意の糸に絡みつかれた気がした。

「お宅さんに下駄を作れと言われて、あの子はせっせと作って持って来るんでしょ。そのお代を、十倍くらいの値段の反物を買わせて使わせてしまう。このところは主人が取り上げて、うちの店に置かせてますけどね」

それでようやく、なぜこんな騒動が起こったのか、事情が呑み込めてきた。

三州屋の倅が初めて店に現れたのは、自分の〝創作下駄〟を店に置いてくれないか、と頼み込むためだった。その時に持参したのは蒔絵《まきえ》のぽっくりや鎌倉彫りの千両下駄で、よく出来てはいたが、専門店ではよく見かける品だった。

だがせっかくだからと、お瑛は鼻緒にうちの草木染めの端布を使ってはどうか、と知恵を授けた。若者は喜んで端布を持ち帰り、希望どおりに作ってきたのである。

それを店頭に並べると、すぐに売りきれた。さらに次々と下駄を持ってきたし、どれもよく売れた。売り上げ金を渡すたび、それに自分の小遣いを足し、はるかに高い染織物を買って帰った。

だが最近はあまり下駄を持って来なくなった。そのくせ買い物だけはして帰る。何か事情があるのだろうと思っていたら、父親に下駄を取り上げられていたのだ。しかし高価な買い物をしていたのは、お瑛の気を惹くためだったとは。

「あの、ご子息がどう説明してるか存じませんが、ご覧のとおり、うちはただの布屋ですからね。三州屋さんに、わざわざこちらから注文するほど、余裕はございませんよ。置かせてほしいと頼まれ、それが売れたから、またお願いしただけのこと」

「さすがに口がお上手……」

三州屋の女房は、ぶしつけにお瑛を見つめて言った。

「おかみさんにかかっちゃ、うちの子なんぞひとたまりもありゃしません。マジメ一方の青二才ですからね」

「お言葉が過ぎませんか」

こちらが低姿勢でいれば侮って、どこまで言う気なのだ。あわよくば金一封をせしめよう、などという魂胆ではないのか。難癖つける気なら受けて立ってもいい、と血気盛んに身構える。

「あら、ありのままに言っただけですよ」

「反物を返しに来なさったんなら、引き取ります」

でも喧嘩するためだったら、場所を変えましょうか。そんな言葉が喉元までこみ上げていた。これでもあたしの父は武士だった、とこんな屈辱でも受けなければ考えもしないことが頭をもたげてくる。

母は早いうちに他界し、父は五歳のお瑛を、懇意にしていたこの家に預け、それきり戻らなかったのだ。

だがこうして言い合っている間にも、お客は次々入ってくる。こんな見苦しいやりとりを見たら、お客が何と思うだろう。

こんな女に関わるな。帳場からはらはらして見ている市兵衛は、目でしきりにそう訴えている。

　女は黙って、背中で泣く子を揺すっていた。お瑛はとっさに手元にあった飴玉を赤子に与えて、反物を手に取った。阿吽《あうん》の呼吸で市兵衛が渡してくれた代金を渡すと、女は挨拶もなしにぷいと出て行った。

　市兵衛がわざとらしく溜め息をついた。

「あの女、焼き餅やいたんすよ。義理の息子にホの字なんですわ。ところが息子は蜻蛉屋のおかみさんに惚れている。それが気に食わなかった……」

　いま市兵衛の頭をよぎったのは、あの三州屋の母子だろう。またどこぞの女が、反物持って怒鳴り込んでくるやもしれぬと。

　生真面目で一途そうな若者には気をつけろ。お瑛はその時から、そう胆に銘じている。もちろん言葉巧みに買わせてこそ〝商い〟の醍醐味というものだが、それにはそれなりの覚悟がいる。

　そんな心優しい冷酷さに達するには、まだまだお瑛は場数を踏んではいないのだ。

3

「おかみさん、花を替えた方がいいですよ」

その翌日、入り口近くの大瓶に生けてある菖蒲を見ながら、お民が言った。

農家の生まれのお民は十七歳。太っていて動作が鈍く、いつも市兵衛にグズだ、トロいとどやされている。

だがこの娘が片方の耳を痛めていることを、お瑛は最近になって知った。幼い頃、父親に殴られて右耳が聞こえなくなったという。動作が鈍く見えるのは、そのせいだったのだ。

花が好きな心優しい娘で、種類や習性をよく心得ていた。

先日も、枯れかけた菖蒲を棄てようとしたお瑛に、この花は二度咲きするから捨てないで、と教えてくれた。その二度咲きの花が、そろそろ終わりかかっている。

「ああ、今日は花売りが来る日だね。次は何にしようかしら」

「芍薬《しゃくやく》がいいですね、濃い紅色の……」

芍薬はお瑛の大好きな花だ。あの大輪のあでやかな紅色を見ると、気分がスカッとする。

そうだ、それにしようと思い、外出の支度をしていると、ご免なすって……と入って来た者がいる。

この界隈を仕切っている岡っ引きだった。トカゲの岩蔵《いわぞう》と呼ばれているのは、痩身で敏捷そうだからだろう。

水野《みずの》様の御改革が始まってから、しばしば岡っ引きが〝お改め〟と称して回ってくるようになった。かれらが口にするお題目はすべて〝贅沢追放〟である。

南町奉行の鳥居耀蔵《とりいようぞう》は、隠密を町に放って、御改革にそむく者を摘発していると聞く。高価な着物を纏っていると路上でも脱がされる、などというとんでもない噂まで耳に入ってくる。

蜻蛉屋に並べられた美しい品々を贅沢品と見て、岩蔵は、摘発の材料を探りに来るのだった。そのたび、お瑛が多少の心付けを渡すと、おとなしく帰ってくれる。

「まあ、親分さん、お役目ご苦労さまでございます。今日はまた何か……？」

鬢《びん》のほつれを指でかきあげながらさりげなく言った。岩蔵はつい先日現れたばかりなのに、三日もたたないうちにまた来るとは。いよいよ摘発かと胸騒ぎがした。

「いや、てえしたことじゃござんせんがね」

十手をパシンパシンと、掌に打ち付けて言った。

その色白な頬骨の張った細面は、本当に蜥蜴《とかげ》を思わせる。岡っ引きは普通、大工など他に本業を持っているものだが、岩蔵だけは本業が何なのか、誰も分からない。おそらく裏も表も、どこからどこまで密偵だろうと囁かれている。

「今日、不審な若い男をここらで見かけなかったですかい。二十から三、四くらいまでの色男……」

「へえ、色男なら見落とすはずはございません」

少しとぼけてみる。店は開いてまだ間もないから、そんな客が来なかったのは確かである。

「うーん、いや、職人風の男で、背はあまり高くない。この町内じゃ見馴れない男だそうで」

昨日のあの若者が、反射的に胸に蘇った。無造作に懐から出したずしりとした小判の包み。これからしばらく姿を隠すという、ひどく謎めいた伝言。

「さあ、今日はまだ若い方は見かけませんけど。ちなみに何をしたんでしょう?」

「なに、ちょいとしたことでして」

岩蔵はチロリと赤い舌で唇をなめた。

今朝がた定廻り同心の板倉《いたくら》様と、日本橋通りの自身番に立ち寄った際、不審者の情報を耳にしたという。

自身番とは、自警のため町の辻ごとに設けられた番小屋のこと。夜中は木戸が閉まってしまい、明け六つ（六時）まで開かれない。ところが今朝未明、木戸を乗り越えて中に入ろうとした男を番人が見つけ、咎めると、どこかへ逃げ去ったというのだ。

「番太郎め、おおかた居眠りしてたんだろうがね。ま、念のため、こうして聞き回ってるんでさ。まあ、夜は戸締まりに気いつけなさって」

お瑛は市兵衛と顔を見合わせた。お民とお初は住み込みだが、市兵衛は通いである。この番頭が裏店《うらだな》に帰ってしまうと、家は女ばかりになってしまう。

とはいえ日本橋通りの警備は、磐石《ばんじゃく》だった。大店がずらりとひしめく江戸一番の商店街らしく、辻ごとに木戸があり、夜にはそろいの法被《はっぴ》に股引きの鳶たちが、入れ替わり立ち代わり詰めているのだ。

この自警団は、火事ともなれば町火消しに早変わりする。

喧嘩や押し込みと聞けばすっ飛んで行く。浮浪者ひとり、いや野良猫一匹、断りなしには入れない町だった。

だからこそ、わけのわからぬ若者がふらふらとこの町に入りこむと、たちまち自警団に捕まって、袋叩きにされた上、奉行所に突き出されることになる。

岡っ引きが出て行ってから、お瑛もすぐに店を出た。すでに初夏の日差しが降り注ぐ、からりと晴れた日だった。

「花はいらんかね、卯の花、芍薬、鳳仙花……、今日はいい天気だぜ、こんな日は花だ花だ花だ」

花売りは十軒店《じっけんだな》の角で荷を下ろし、道行く人に声をかけている。通りにはいつもながら人が多く、青菜やまんじゅうなど物売りの声が騒がしかった。昼ごろに花売りが場所を他に移すと、とたんに同じ場所に苗売りが来る。金魚屋が来る。入れ替わり立ち替わり、物売りが出入りした。

「おかみさん、花はどうです」

人混みをかき分けて行くと、目ざとく見つけて声が飛んでくる。

「芍薬ある？」

「なくてどうする。芍薬は役者に喩えりゃ千両役者。一文で千両が買えりゃや、安いもんでさ」

「じゃ一文で千両買いましょ」

お瑛は花桶を覗いて深紅の芍薬を指さした。それを十本と、その鳳仙花を一束……。

「へい、まいどどうも」

その時、揃いの法被《はっぴ》の若い衆が、通りをものものしく整列して行った。

「うーん、何だか今日は騒々しいねえ。どうやら、どっかで押し込みがあったらしいや」

「この近くで？」

「いや、深川とかいったかな。昨日だか一昨日だか、一人刺されたとか。噂じゃ、その下手人に似たやつが近くをうろついてたんだそうですぜ」

なるほどそういうことか、とお瑛は納得した。ただ不審者がうろついていただけでは、岡っ引きが目の色変えて聞き回るわけもなかった。

あのずしりと重そうな小判が目にちらつき、お瑛は胆が冷えた。

日本橋通りは、南は日本橋川にかかる日本橋から、北は神田堀にかかる今川橋までを言う。

蜻蛉屋はそのほぼ中間あたりの東側に位置し、そのさらに裏手の道を奥に入っていくと、掘割が幾筋か流れている。日本橋川から荷を積んだ舟が入り、蔵の裏の桟橋に荷下ろしするためで、荷によって塩河岸、米河岸などと呼ばれている。

赤い小さなお太鼓橋がかかっているのは、そんな掘割の外れである。何年か前の災害で欄干の一部が壊れたままだが、いまだに修理される気配もない。

両岸に白い土蔵が建ち並び、材木置き場と、壊れた塀が続くばかりの淋しい町外れに、何故こんな赤い橋がかかり、十六夜《いざよい》橋などという美しい名がついているのか、お瑛は不思議に思う。

ただ考えつくのは、〝いざよう〟とはためらい迷うこと。掘割の水は流れもせずにたゆたっている。そんな水の有様から、十六夜橋としゃれて呼んだのかもしれない。

橋の袂は少し広めの空き地で、廃船が放置され、彼岸花や立葵《たちあおい》が群生している。雑草に埋もれたその隅に、三体のお地蔵さんが並んでいた。

昼も夜も人けのない所だが、お瑛はよく買い物の帰りにここに寄り、雑草をむしったり、花を供えて世話をしている。

この橋は、幼い頃に父に手を引かれて渡って来た記憶がある。江戸は広いが、父親の匂いが残っているのはここだけだった。

その時お瑛は五つ。父はこの娘を『蓑屋』に預けるために、橋を渡って来たのである。しかし、そんな橋を渡って来たはずはない、とお豊は言う。それは後から作られた記憶だろうと。

だがお瑛にはあの時の鮮明な記憶があった。おそらく父はまっすぐ蓑屋に行くのをためらい、娘の手を引いてぐずぐずとその辺りを彷徨《さまよ》ったのに違いない。どこかに神社の鳥居があったから、もしかしたら近くの宝田恵比寿神社に詣でたのかもしれない。

その晩、父と娘は蓑屋の座敷で枕を並べて寝た。翌朝目覚めてみると、父は居なかった。お瑛は泣きじゃくって家中を探し回り、外に飛び出してあの橋まで駆け戻ったことを忘れるはずがない。

だが記憶はそこまでだった。

それからの日々をどう耐えたものか、ほとんど覚えていない。覚えているのは、おとっつあんはきっと戻ってくるよ、としばしば聞かされたお豊の言葉だけだ。

父の名前は津嶋喜三郎《つしまきさぶろう》、と記憶している。たぶん父が、そう覚えさせたのだろうと思う。

父は武士だったというが、それ以外は何も知らない。誰も教えてくれなかったし、お瑛も自分から聞きもしなかった。聞くのが怖かったし、可愛がってくれた蓑屋夫婦への遠慮もあった。

正式に養子縁組をしたのは、十七歳の時である。

蓑屋の娘になってすぐ、ぜひわが嫁にと請う人が現れた。義父の書画骨董の店の客で、小普請方吟味役の百石取りの、物静かな武士だった。

お瑛も憎からず思い、周囲から祝福されて華燭の典を挙げた。だが四谷塩町の屋敷での新しい暮らしは地獄だった。

姑はもともと商家の娘との婚姻に反対だったため、初めから厳しく接してきた。それは覚悟していたが、予想外なのは夫の態度である。

母親には絶対服従で、妻が姑から激しく罵られていても、打擲《ちょうちゃく》されることがあってさえも、見ぬふりをした。

姑に髷《まげ》を摑まれて転倒したのが原因で、三年めに流産した。この家では静養も出来なかったから、法事を口実に蓑屋に出向き、それきり戻らなかった。何度も迎えの駕籠が来たし、夫が自ら迎えに来たこともあったが、お瑛は会おうとしなかった。

お瑛さんは覚悟が足りない、我がままだ……という悪口があちこちから聞こえてきたが、お瑛は耳を貸さず、義父母に頼みこみ家に居させてもらった。

だが八年たった今でも、元夫を思い出して眠れぬ夜がある。嫌いではなかった。あの広い屋敷の奥の静かな寝間で、姑の咳を気にしながら抱かれた夜々。母親への服従を自らに強いた旧弊な夫だったが、それ以外のことでは優しく、情熱的でもあったのだ。

　このお地蔵様に詣でるようになったのは、出戻ってからである。

　橋の袂から向こうを見るだけで、対岸に渡ったことはない。対岸にはやはり白い土蔵が並び、ところどころに柳の木があって、道は黒々と折り重なる瓦屋根の谷間へと続いていく。

　お瑛の目の奥では、あの橋の向こうはいつもはんなりした桜色に靄《もや》がかかっている。死んだ母も消息不明の父も元夫も、そこに行けば会えるような気がする。

　こちら側では叶わぬことが、橋を渡ってあの道を進めば叶うかもしれない。ここに来るたび、そんな思いがするのだった。

4

「よく降りますねえ……」

　勘定を済ませた常連の客に、お瑛は話しかけた。店に他に客の姿はなかった。

「まだ五月なのに、いつの間にかぐずぐずと梅雨に入っちゃって」

「走り梅雨というんですかね」

「小降りになるまで、こちらで一服なさって下さいな」

店の上がりがまちに誘う。

竹次郎《たけじろう》というこの客は、陶磁器に趣味があるらしい。神田あたりの問屋に奉公する建具職人といい、たいてい閉店間際にそそくさと入ってきて、棚に並ぶ器を見てすぐに帰っていく。

蜻蛉屋は地方の幾つかの窯と契約しているため、商品が周期的に変わる。その新しい荷が届く時期をお瑛に確かめ、時を見計らってはやってくる。その中から、値の手頃な小物の一つ二つを買うこともある。

この日は織部の向こう付けを一つ、買ってくれた。まだ二十代半ばのようだが、物腰は控えめだった。言葉には微かに西の方の訛りがあるようだ。色が浅黒く、がっしりしていて、着物の袖から出ている腕など、びっくりするほど太くて逞しい。

「いいものをたくさん集めておいでなんでしょう」

お茶を出しながら、お瑛は話しかけた。

「いや、とんでもない」

「でも、いつも、これはというものばかりお求めになりますよ」

めずらしく竹次郎は笑い、茶碗を大きな掌で包むようにしてうまそうに茶を啜った。

その姿が何とも様になっていて、この人はどんな人なんだろう、とつい見とれてしまう。

その時、暖簾をくぐって客が入ってきた。

目を上げると、蛇の目傘を半開きにして下げたまま、若い女が立っている。陶の傘立てが店の外にあったが、女はそれにも気がつかぬほど、何かに気を取られている様子だった。

「おいでなさいませ。ほら、民さん、傘をお預かりして……」

店の隅で棚の掃除をしていたお民が、慌てて走り寄り、赤い蛇の目を受け取った。

「あの、ごめんなされませ」

女はまっすぐお瑛の側に歩み寄ってきた。

お瑛が一瞬の観察で見て取ったこと、それはこの娘が二十歳前後で、武家の生まれであり、どうやら病み上がりだ、下女も連れずにひとりでここまで来たことからして、やっとの思いで家を抜け出したのではないか……というようなことだ。

若やいだ灯籠髷の先端が少し潰れているし、この雨なのに爪革のつかない都下駄を履いていて、着物と帯と羽織の色柄がすべてちぐはぐだった。

「あたくし、小石川柳町の緒方左門《おがたさもん》の娘多恵《たえ》と申しますが、ちょっと見て頂きたいものがございます」

幾らか切り口上で、女が袋から出したものを見て、お瑛ははっと息を呑んだ。忘れもしない、それはあの若者が大枚はたいて買い求めた、紫草の美しい染めの布ではないか。

この人だったのだ、とほんの少し羨望と嫉妬を覚えつつ思った。あの若者が思いを布に託したのは、この多恵と名乗る女なのだ。青ざめた小さな顔は、お瑛が思ったとおり美しかった。黒目がちな大きな目と、形のいい大きめの口が、むせ返るような色気をたたえて収まっているようだ。

「これは、こちらで売られていたものでしょう?」

多恵はつっけんどんに言った。

「はい、七日ほど前に、確かにうちでお買い上げ頂きましたが、それが何か?」

お瑛は畳に腰を浮かし、なんとなく南禅寺香の甘い香りを吸い込んだ。市兵衛の案じたとおりの雲行きだった。

「それを買ったのは若い男の人ですね」

「はあ」

「その人、今どこにおりますか。そのことで何か伝言を残したはずですけれど」

お瑛は肩から力を抜いた。

一体どういう事情があって、この娘はこうも頑《かたく》な様子で、性急に問い詰めようとしているのだろう。

「まあ、どうぞお掛けになって、お茶でも……」

「いえ、すぐに戻らなければなりません。その人が今どこに居るのか、それだけ教えて頂けましたら」

性急に言い立てるうち、その目の端が赤らんでくる。

お瑛はちらと市兵衛を見た。あまり刺激しないほうがよさそうですよ、と市兵衛は不安そうな視線を送ってくる。

客の竹次郎はいつの間にか立ち上がっていて、さりげなく棚の物を手に取って眺めていた。

「そうですか。でもあまり多くは仰《おつしや》らなかったんですよ。これからしばらく遠くへ行くとだけ……」

「遠く？　遠くってどこですか？」

さらに喧嘩ごしの口調でたたみかけてくる。

「さあ、それは何も……」

「うそ、うそでしょう」

「多恵さん」

「だってそれだけなんて。はっきり言って頂けませんか。遠くへ行くと、本当にあの人が言ったのでしょうか？」

お瑛は黙ってゆっくり頷いた。

すると青白い顔がさらに真っ青になって、大きな目からぽろぽろと涙が溢れた。

「ああ……あたくし、捨てられたんです、これは手切れ金代わりってわけなのね。これで終わりにするつもりだわ、何よ、こんなもの……！」

わっと泣き出すや、手にしていた織物を、いきなり土間に放り出したのだ。

おっと……と側にいた竹次郎がとっさに両腕を差し出した。かれがたまたまそこに立っていなければ、この美しい高価な反物は、雨で湿った土間に転がって巻きがほどけ、無惨に汚れてしまったことだろう。

竹次郎は乱れた布を、腕の中で丁寧に巻き戻し、無言でお瑛の側に置いた。泣きじゃくる声を聞きつつ、お瑛は湯冷ましを茶碗に注いでそっと差し出した。

多恵は首を振って、邪険に茶碗を押しやった。茶碗の中でお湯が揺れ、こぼれ散って、それがまた布にかかりそうになった。

「ちょっと……多恵さん、もう少し気をつけて扱ってくれませんか。せっかくあの方が、沢山の織物の中から選んだものじゃありませんか」

「そんなこと聞きたくない」

「いいえ、ぜひお聞き下さい。あなたがこれをお召しになった姿を、想像しながら選んでいらしたのよ。失礼ですけど、これ、一体いくらだと思っていらっしゃって？」

「考えたくもない。そんな話、みんな誤魔化しなんだから」

「お黙りなさい！」

怒りでかっと身内が熱くなり、我ながら驚くほど大声を上げて立ち上がっていた。

これはあの人が〝押し込み〟までして購《あがな》った物なのだ、という思いがかけ巡る。

その時、黙ったまま静かに店を出て行く竹次郎の後姿が、ちらと目の端をよぎった。

あの人は、面倒に巻き込まれそうになると、いつも姿を消してしまう……。

「多恵さん、あなた、一度でも考えたことあるの、あの人がどんな思いでこのお金をこしらえたか」

「そんなこと、どうして考えなければなりませんの。関係ないじゃありませんか。第一ね、そんな布地、ありがた迷惑です、親に怪しまれるじゃありませんか。簪《かんざし》でもくれたらどんなにかいいのに、気が利かないったら！」

何だか脱力し、声が掠れがちになる。

「多恵さんは裕福な武家のお嬢様らしいから、こんな染物を買うくらい何でもないでしょうけどね。でも失礼ながら、あの方はとてもそうは見えなかった。死ぬ思いで稼いだんじゃないですか。それがお分かりにならないなら……」

そんな女は、捨てられて当たり前……。そう言いたかったが、この最後の言葉は喉の奥に呑み込んだ。

押し込み強盗を働く男の姿が、お瑛の目にありありと浮かんでいる。それを振り払うように首を振り、お瑛は溜め息のように続けた。

「ともかくね、あなたにも言い分があるでしょうけど、そのくらいは分かってあげてほしいって言いたいの」

多恵は泣くのをやめ、驚いたように立ちすくんでいる。

お瑛は急に恥ずかしさを覚えた。なんで無関係な自分がこんな立ち入ったことを、訳知り顔で言っているのだろう。まるでお節介好きな、井戸端のお内儀《かみ》さんと変わらないではないか。

「ああ、ごめんなさいね、よく知りもしないくせに出しゃばったことを言って」

「ああ、そう」

「いえ……」

多恵は首を振った。

「よかったら、あちらでお茶でも呑んで仲直りをしましょう」

店の奥に、四畳半の客室があった。

人には聞かれたくない商談や、遠方から品物を納めに来た人をもてなすために使っている。お客様を泊めることもある。

お瑛はそこに、多恵を導いた。


熱いお茶を一杯ゆっくり呑むうち、ようやく頑な気持ちがほぐれてきたようだ。問わず語りに多恵がぽつぽつと話し始めたところによると――。

あの若者は吉之助《きちのすけ》といって、若いが腕のたつ錺《かざり》職人だという。

吉之助の作る簪は精巧で、夢見るように美しかった。

多恵は十五、六の頃に神田須田町にある簪屋でその品を見つけ、魅せられた。何本も買った。注文を出して店で受け取ったこともあるし、帰りを待ち伏せて近くの茶屋でお喋りしたこともある。そのうち、いつしか恋仲になっていた。

多恵の父の緒方左門は武家であり、それも百五十石取りだった。同僚の子息を婿養子に迎える話も進んでいて、すでに一度家に来たこともある。

だが多恵は、すべてを捨てて錺職人のおかみさんになることを望んだ。親の決めた婚約者を見向きもせずに吉之助と密会し続けるうち、妊《みごも》ってしまった。

二人は駆け落ちしてどこかの裏店に所帯を持ち、子どもを生み育てようと誓い合った。ところがこっそり準備を進めるうち、誰かに密告され、親に知れたのである。

お家騒動のような騒ぎになり、お腹の子は流れてしまった。

多恵は相手の名を隠し通し、静養中に屋敷から逃げ出そうと試みた。それも見つかって、ついに監禁状態となる。恋人との連絡も断たれてしまい、やっとのことで女中を使いに出してみると、吉之助は引っ越して消息も分からなかったのである。

あの贈り物が届いたのは、多恵が落ち込んで鬱になり、床にふせっている最中だった。

託された伝言は、次のようだった。

〝元気になったらこれで着物を仕立て、精一杯お洒落して、日本橋のとんぼ屋に見せに行くように。店の女将が自分の消息を知っています。だから安心して、ゆっくり養生するように〟

「それで………」

と多恵は言った。それで家の者が留守になる日を狙って、家を飛び出してきたというわけだ。

「ええ、駕籠のお代は、母の手箱から拝借してきましたの」

言ってほんの少しやんちゃ娘らしく微笑した。話すうちに、少しずつ落ち着いてきたようだ。

お瑛は複雑な思いで眺めていた。

多恵は自分とはまるで逆の立場なのだった。相手の男は、貧しい町人ゆえに、明らかに身を引こうとしている。その恋人を、武家のお嬢様が追いかける……。その一途な情熱が、羨ましい気がした。

吉之助が身を引いたのは、多恵の将来を考えてのことだろう。そのことが、お瑛には痛いほどわかる。

かれが身を隠した裏には、父緒方左門の手が伸びていたかもしれず、身の危険を感じていただろうことも察しられるのだ。

またこの織物を贈ったのは、手切れの品というより、恋人への純粋な愛情からだろうとお瑛は思う。自分の不在をなるべく遅く知るように、それまでにはこんな着物を着られるほど回復しているように、そんな優しい気持ちから発したのではないのか。

「そう、そうですね」

お瑛に言われて、素直に多恵は頷いた。かれを追いかけて夢中で過ごした日々のことを、今更ながら思い直しているふうである。

「でもあたくし達、もう駄目でしょうね。吉さんにはやり直す気はないんだわ」

「たぶんそうでしょう」

お瑛は突き放したようにはっきり言った。

「なぜ得意の簪を贈ってくれなかったのか……たぶん、それを贈ると、あなたに未練が生じると思ったんでしょう」

お瑛の言葉に、多恵はまた泣きじゃくり始める。

「遠い所ってどこでしょう、もう会えないような所？」

「そうですね、遠い所というのは、追わないでほしいという意味だと思うわね」

追いかけなさい、と言えたら言いたかった。どんなに痛快だろうと思う。だが現実はそう痛快にはいかないのである。

吉之助が身を引いた以上、そっとしておいた方がいいという大人の分別が、今のお瑛にはある。この世には、愛情だけではどうにもならないこともあるのだ。

「そんな……。そんなの嫌です」

「吉之助さんの消息は、少し探ってみますけど」

本当は、消息など探りようもないのは分かっている。探る気などない。泣き続ける多恵を前にしては、そう言わないわけにはいかなかったのだ。

もしも吉之助が押し込み強盗だったら、今は賭場のような闇の世界に潜んでいるに違いないのだから。変に追いかけて、緒方家の体面を傷つけるようなことになっては大変だった。

「だから多恵さんはまずは養生することね。その先は、その時に考えればいいのよ」

何とか多恵をなだめて、駕籠を呼んだ。じっと押し黙って、お瑛が動き回るのを見ていた多恵は、別れ際になって一枚の紙片を押しつけるようにして言った。

「おかみさん、有り難うございました。どうかよろしくお願いします。あたしはいつまでも待ちますから」

押しつけられた紙を見ると、吉之助の古い所書きだった。

5

岡っ引きの岩蔵と会ったのは、その翌日である。

雨も上がって明るい空から日が射してきた八つ(三時)過ぎ、残り少なくなった紅を買おうと表通りに出たところで、ばったり鉢合わせしてしまった。

「まあ、親分さん、ご苦労様でございます、まさかうちにお見えじゃありませんね?」

「いや、今日はこの先の魚河岸に、ちょいと用がござんして」

「でもちょうどよかったわ。おうかがいしたいことがあるんです」

お瑛は手を合わせるしぐさをして微笑した。

「先日の不審者はどうなりまして? なんでも深川の押し込みの下手人と似ていたとか聞いたんだけど」

「深川の……?」

そんなのあったかな、という顔で岩蔵は首を傾げた。

「木戸を乗り越えようとした男なら、捕まりましたがね」

「え、捕まった?」

「へい、二、三日前に千住の方で押し込みがあって……あ、おかみさん、深川じゃなくて千住のことでしょう?」

実はその家の者が刺され、手配書が回っていたというのだ。

たまたまその明け方に、日本橋通りの木戸を乗り越えようとしていた男がいて、年の頃や背丈などが、手配書の男と似ていたという。

「ところが何と、捕まえてみりゃ、下手人はそこの倅なんでさあ。倅が親の下駄問屋に押し入って、止める母親に斬りつけたってんですわ」

「下駄問屋……」

「その母親が、息子のことを隠してるもんだから、話がややこしくなっちまったんでさあ」

お瑛の顔色を見て、岩蔵は探るような目つきで言う。

「おや、どうかしなすったんで？」

「いえ」

お瑛は無理に微笑んで、唾を呑み込んだ。目の前が真っ白になっていた。あの三州屋の息子が、こともあろうに自分の家に押し込み強盗に入ったとは。

「で、そのお母さんは、どうなりまして？」

「傷は深かったが、死んじゃいねえはずだ」

「そんな酷いことをしでかして、日本橋まで逃げてきたってわけですか」

いったいどうして……と語尾は胸の中に押し込んだ。年の近い、情の濃そうなあの義母との暮らしは、さぞ息が詰まっただろう。二人の間に何があったか知らないが、盗賊を装ってまで殺そうとしたのか、それともただの突発的激情だったのか。

「何があったんですかねえ、まったく……」

岩蔵も首をひねった。

「あっしの島じゃないんでよく分かりませんが、おとなしい孝行息子だったようですぜ。腕のいい下駄職人で、浮いた噂ひとつなかったそうで」

お瑛は、足の竦むような思いがした。多恵にあんな分別めいたことを言っている自分の足下に、こんな事件が起きるなんて。

あの三州屋の息子に、自分は何かいけないことをしてしまったかしら、と思う。

さらに腹立たしいのは、まるで勘違いをしていたことだ。あの吉之助が押し込みをしたなどと、何故思い込んでしまったのかしら。このあたしとしたことが！　まっとうに作った金と思わなかった自分が、情けない。

確かに吉之助と三州屋の息子は、年の頃が同じで、中肉中背、人相までもどこか似ていたのである。

岩蔵と別れてから、お瑛は胸につかえることがあって、紅を買うのはやめて家に戻ってしまった。

「市さん、悪いけど、あたしちょっと出かけてくるわ、店を頼むわね」

お瑛は接客用の明るい着物を地味なものに着替え、番頭に後を頼んで裏口から店を出た。

「……ああ、吉さんかえ。そう、確かにそんな人が住んでたことは住んでたけど、あまり付き合いもなくてねえ。あれからどこへ行ったんだか……」

隣家の女房は、じろじろと吟味するようにお瑛を眺め回した。上野広小路のその裏店には、すでに別の人が住んでいて、子どもが駆け回っている。

「何だか知らないけど突然引っ越しちまったんだ。大家さんにも、何も言い残さなかったそうだよ」

お瑛は礼を言い、どぶの匂いのするその小路をそそくさと出た。自責の念に駆られ、多恵の残した所書きを頼りにさっそく訪ねてみたものの、手がかりらしいものは何も得られなかった。この程度には多恵だって調べているだろう。

もう夕方の空に、薄い色の月がかかっている。暮れるまでにはまだ間がある。これで帰るわけにはいかない。

お瑛はその足で駕籠を拾った。

もう一軒、多恵の残した所書きをたどってみようと思ったのだ。

その簪屋は神田須田町にある。

近くまで行って駕籠を降り、たまたま道端で犬を遊ばせていた十二、三の童に飴玉を与えて、簪屋の場所を聞いた。

するとその子は、その店に奉公しているといい、すぐ先に立って案内してくれた。

「はあ、吉さんねえ」

でっぷり太った店の主は、短い首を傾げた。

「吉さんならひと月も前から見えないんで、使いを出そうかと思ってたところでして。ええ、売れるんですよ、吉さんのものは……」

「引っ越したと聞いたんですが」

「へえ、そうですか、引っ越しちまったんですかい。そいつは知らなかった」

こののんびりした対応にがっかりした。

どこにも注意深く手がかりを残さなかったのは、探さないでほしいという吉之助の意志の表れかもしれない。

諦めて店を出た。雲が動いていて、月が見えたり隠れたりしている。雨になるかもしれない。急ぎ足で歩き出すと、背後から追って来る小さな足音がした。

振り返ると、今しがた店先で犬を遊ばせていたあの小僧である。

「吉兄さんなら、もう江戸にはいないよ」

利発そうな顔に、少し淋しげな表情を漂わせて言った。

「あら、坊や、何か知ってるの？　それならご主人に言えばよかったのに」

「旦那様には言うなって……」

話を聞いてみると、この子は吉之助に可愛がられていて、使いで裏店に行くたびに、簪作りの手ほどきを受けていたのだという。多恵との連絡係を引き受けていたのも、この子だった。

なんと幸運な出会い。お瑛は嬉しくなっておひねりを渡し、吉之助の行方を訊ねた。

少年は遠くに目を向け、少し考えてから言った。

「船だよ、船に乗ると言ってた」

「船ですって？」

呟き込むように、質問が口から飛び出してくる。

「どんな船なの、船でどこへ行ったの？」

「よく分かんないけどさ、吉兄さんは、遠くに行きたいって前から言ってたんだ。この江戸にはもう飽き飽きだって。それにね、一年近く乗ることにすれば、まとまったお金を借りられるって」

「まとまったお金を、前借りしたの？」

「分かんない」

「それで、いつ帰ってくるの？」

少年は首を傾げたが、目が輝いた。

「でもいつかきっと、迎えに来るからって……。おいらも連れてってもらうんだ、だからここでずっと待ってる」

船の知識のないお瑛には、一年近く乗っている船といえば、北前船ぐらいしか思い浮かばなかった。

どんな船であれ、吉之助が船に乗ったというこの子の言葉は信じられるような気がした。一年分の給金を前借りしてあの布を買ったのは、ほぼ間違いないだろう。

お瑛は残っている飴玉をすべて渡し、そのざらついた赤い汚い手を握りしめた。

「いい、坊や、約束してちょうだい。いつか吉之助さんが迎えに来たら、真っ先にあたしに知らせてくれるって。日本橋の〝とんぼ屋〟にいるからね」

お瑛は、両手を羽のようにひらひらさせて言っている自分に苦笑した。〝かげろう〟

が正しい屋号とはいえ、確かにとんぼ屋の方が、覚えてもらいやすいのだ。

「お姉ちゃんも行くの？」

聞かれて、お瑛は大きく頷いた。

「そうよ、あたしだって遠くへ行きたいわ」

ええ、行けるものならね。


帰りには十六夜橋に寄った。

お地蔵様の前にしゃがみ込んで、少し見ぬ間に生えた雑草をむしりながらお瑛は思う。あの子の言うことを信じるなら、吉兄さんはいずれ帰ってくる。

吉之助は待つに値する男だ、とお瑛は胸の中で太鼓判を押していた。一年分の給金を全額前借りし、女に贈り物するなんて、そんな男はそうざらにはいない。それほど思い切りのいい男なら、船に乗ってもきっと成功するのではないだろうか。

一年なんてすぐである。ただ一年で帰るつもりが、二年になり、不測の事態で一生になってしまったら……？　それは思案の外だった。

お瑛は、多恵の忘れていった織物を、二、三日中には小石川柳町のお屋敷まで届けに行くつもりだった。見舞いとして織物を渡せば、家人に怪しまれずに、多恵の手元に届けることが出来る。

だが多恵に会った時、この吉之助の消息を正直に告げるべきかどうか、そこが難問なのだった。

もし本当のことを知らせたら、多恵は何と言うだろう。

「待ちます、一年や二年、いえ一生でも待とうと思います」

そんな決意を口にしそうな気がする。

けれども、来ないかもしれない相手を一生待つほどの強さが、多恵にあるかどうか。帰ってきたとしても、相手がどう出るかも分からないのだ。

戻ってくるとも来ないともしれぬ人を待って、いつまでも泣いていてはいけないわ。あんたはその名のとおり、多くの幸せに恵まれなければならない。そうなってほしい。好きな男を諦め、親の決めた婚約者と所帯を持ったからといって、不幸せになるとは限らないだろう。

今は余計なことは言うまい、とお瑛は心に決めた。謎は謎のままに自分の胸ひとつに収めておいて、成り行きを見守っていようと思う。

いつか吉之助が戻って来る日があったら、その時に改めて二人の気持ちを突き合わせたらいいのだ。

気がつくと月は隠れ、雲に白っぽい光を滲ませている。

いつの間にか辺りにたれこめた夕闇は、雨の気配に湿って柔らかい。お瑛は立ち上がって、夜の闇に沈もうとしている十六夜橋をしばし眺めていた。

弐の話　金襴緞子《きんらんどんす》の帯しめて

1

「何もあんな時に笑わなくたって……」

先ほどから女が、ぼそぼそと言っている。

「笑うかどに福来たる、ってな」

連れの男は呟いて、猪口を口に運ぶ。四人座れる座卓だが、二人は向かい合わずに横に並んで、壁に向かって座っている。

「はぐらかさないでちょうだい。真面目に言ってるんだから」

「笑って悪いこともあるまい」

「あたしは真面目に言ってるのよ」

「こちらも真面目だ……」

男は何やらぼそぼそ抗弁したが、辺りを憚《はばか》るように声が低くて聞き取れない。女も声を潜めてはいるのだが、時々われを忘れるように声が高くなる。

「でも、あんな時に笑わなくたっていいじゃない」

「笑ったっていいだろう」

「どうしてあなた、悪かった、すまなかったと素直に謝らないの。あたしの面子《めんつ》はどうなるの」

女は苛立って、また声が高くなる。

「これはまたごたいそうな……」

「あなたはいつもそうなのよ」

「笑って悪いこともあるまい」

「悪いのよう、あたしが悪いと言ってるんだから、悪いに決まってるのよう」

女は我慢できないように、一気に音の階段を駆け上る。

それまで何となく聞き耳をたてていた周囲の客が、一斉にそちらを見た。そこへ、お待ちどおさま、と女の前にきつねうどんが湯気をあげて出された。

続いて男の前には、ざる蕎麦が運ばれる。

二人が麵を啜り始めて静かになったところで、お瑛は斜め横の席にそっと視線を向けた。

連れの女は奥にいて顔は見えないが、店に入ってきた時にチラと見た限りでは、粋な姐さんという印象だった。きりりとした浴衣がけに、櫛で髪を逆巻きにした櫛巻がよく似合った。

男は横顔をこちらに見せているが、どこかで見たような顔だと思った。チラと見ただけだが、その右頰に目立たない刀傷があり、それにぼんやりと見覚えがあるのだった。

さて、どこで会ったのかしら。

何となく気になって、チラリチラリとそちらを窺ってみたが、思い出せない。客商売をしている関係で、いつも多くの人と会っているからだろう。

見た感じでは五十前というところだろうか。いかにも律儀そうな武士である。鬢のあたりに白いものが混じっていて、品のいい長く細い顔には、いわく言いがたい翳《かげ》りがあった。身なりは渋いが、質のいい着物を身につけているところからして、そここ地位があるのだろう。

女の方は、お瑛と同じくらいの年格好に見える。むっちりと大人の色気を発散する身体に、柳色というのか、くすんで地味な若草色の着物を粋に着こなしている。

年の差からすると父と娘というところだが、男は武士で、連れは町の女。どう見ても夫婦ではない。囲われているような関係だろうか、とお瑛は推測する。

男は辺りを憚るように声をひそめていて、何が原因で二人がこうもこじれているのか分からない。ただ女の言葉の端々から、どうやら何か彼女が大事に思う時に男が笑ったことで、ひどく傷ついたということだけは窺える。

もしかしたらこの湯島界隈に女の家があるのだろうか、と思ってみる。今日は湯島天神のお祭りだった。宵宮の始まる少し前にたまたま来合わせて、女にせがまれ、不承不承に出て来た図……。

まずは腹ごしらえでも、と立ち寄ったらしいこの蕎麦屋は、天神さまからは少し離れた場所にあって、地元でなければ知られていない。こうした店を選んだのは、この界隈に女の住居があり、半ばお忍びで出て来たのではないか。

お瑛も、この界隈に住む誠蔵《せいぞう》という幼なじみに誘われた。行っておいでなさいよおかみさん、と薦めてくれた市兵衛の言葉に甘えて、出て来たのである。

誠蔵は、あの日本橋通りの紙問屋の次男に生まれ、子どもの頃はあの辺りのがき大将だった。親も手を焼く腕白坊主で、その悪さは界隈に轟いていた。例えばお仕置きに蔵に閉じ込められた時、仕返しに漬け物樽に排尿したという武勇伝がある。しばらく黙っていたから、それを白状するまで家族はその漬け物を食べ続けていたという。長じてから、暖簾分けしてもらい湯島支店の主に収まった。だが惣領の兄が死んで、今のところ日本橋本店と湯島店を行ったり来たりしている。妻が数年前にお産で他界したためか、このところ何かとお瑛に誘いをかけてくるのだった。

といっても妻を亡くしたやもめ男と、出戻り女の組み合わせ。気楽なことこの上ない。一緒に遊んだ仲だから、互いの弱みも知っていて、軽口も叩くし、ずけずけと説教をすることもあった。

〝かげろうや〟なんて名前は縁起が悪いからよした方がいい、と反対したのもこの誠蔵だ。

「……素直に謝ればすむことを」

また女が言っている。

「謝って収まることでもあるまい」

と男も受けて立つ。

「どうしてよ、謝ったらいいじゃない」

「悪いと思っちゃいないから」

「悪いのよう」

　と、また始まってしまった。

　突然、女は焦《じ》れたような癇症な金切り声を上げ、男の脇腹をつねりあげ、肩や腕をボカボカと殴った。

「あたしが悪いと言ってるんだから悪いのよう」

　男はたしなめるでもなく、黙ってにやにや笑い、殴られるままになっている。皆の視線がまた一身に集まってしまい、女は何事もなさそうに、俯いてうどんを啜り上げた。

「大体あんな時に笑うなんて、人をばかにしてるって言うの」

　まだ腹の虫が収まらないらしい。

「そうでもないさ」

「ああ言えばこう言う……素直に謝れば何でもないことを」

「何でもないことに目くじらたてるな」

「ん、もう！」

　盃を手にしている男の腕を、女はいきなりつねりあげ、ことりと畳に落ちた盃を壁めがけて力まかせに叩きつけた。

店内は一瞬しんと静まりかえり、壁に当たった盃は跳ね返って、からからと土間に転がる音だけが響き渡った。

「……姐さん、熱燗を一本」

一呼吸おいて、男の声がした。かれはにやにや笑ったまま、いっこうに動じたふうもない。

「それに猪口を一つたのむ」

外に出ると、花の香りの混じった初夏らしい風が、肌にひんやりと気持ちよかった。藍色の空の西の方がまだうっすらと暮れ残り、淡く星が浮かび上がって見える。店々の軒行灯にすでに灯りが入っていたが、まだ子どもたちの遊ぶ声が横町からこだましている。
〝ひな一丁おくれ、
どの雛目つけた
この雛目つけた、いくらにまけた
三両にまけた……〟

唄い問答して遊んでいる。お瑛にも覚えがあった。あれは最初ゆっくりで、だんだん早くなっていくのだ。何かしら胸がわくわくする時刻だった。

表通りまで出ると、宵宮を見に行こうとする人々がざわめきあい、同じ方角に向かって流れを作っている。

「……しかし驚いたね」

互いを見失わないよう、肩が触れ合うほどに並んで歩き出しながら、誠蔵が言った。

「何だいありゃ、痴話げんかかねえ」

「どうなんでしょう」

お瑛もいささか呆れていた。だがあの女の、痒い所を正確に掻いてもらえない苛立ちが、分からないでもなかった。

つねられても殴られても自虐的な笑いを浮かべて、屁理屈を並べる男と、それに焦れて言い募る女。何だか似たような光景が、いつか自分にもあったような気がするのだった。

「まずは腐れ縁てやつだな。横町の三味線のお師匠さんと、初老のお武家さんの、切っても切れない腐れ縁……」

「お妾さんでしょうね、あの女性は」

「後妻ってことはないかい」

「奥さんとは違うわ、あの焦れかたは。何か晴れないものがあるのよ」

言いながら、やっぱりあの武士とはどこかで会っている、という思いが強まった。どこだったかしら、と人混みを抜けながら考えたが、何も浮かばない。

スリだ、気をつけろ！　不意に少し先でそんな声がした。人の流れが割れ、誰かが走り出し、懐中を押さえて立ち止まる人や、追いかけていく人で渦が出来た。

思わず誠蔵の腕にすがったが、その時、ふと思い出したことがある。蓑屋を手伝っていた時分、時たまやってくる客の中に、中年の武士がいた。買った品を小脇に抱えたりせず、いつも背中にくくりつけていく。巷にスリやかっぱらいが横行しているからだった。

その人の頬には軽い刀傷があって、過去に何かあったからこう用心深いのかな、と思ったのを覚えている。

そうだ、あの人に違いない。

当時は顔に色艶もありもっと若々しく見えたが、あれから過ぎた五、六年の歳月が、あのお侍に、貫禄と、いわく言いがたい陰影を纏《まと》わせたのだろう。

思い出してみると、不思議な気がした。義父の店のお客とこんな場所で出会うなんて。こちらも髪型や着るものの趣味も変わったから、たぶん蓑屋のお瑛だとは気がつかないだろう。

あの刀傷がなければ、お瑛も思い出さなかったのだ。

2

「昨日は、湯島天神の宵宮に行ったのよ。おっかさん、眠っていらしたから黙って出ちゃったんだけど」

床の上で朝食をとっているお豊に、お瑛はお茶を入れながら話しかけた。お盆に並んでいるのは、お粥と梅干し、小女子の佃煮、青菜のお浸し、えぼ鯛の開き。その皿から、給仕して食べさせるのは女中のお初だ。

「ああ、賑やかだったろう、市さんやお民も一緒だったのかえ」

「いえ、市さんに店を頼んでね、向こうで誠ちゃんと合流したの、幾つになっても子どもの頃と同じねえ」

「誠か……今は紙問屋の若旦那だねえ、おまえ、あの人はどうなの」

「どうなのって、何が」

「何がって……」

「やめてよ、おっかさん。あの人、二人の子持ちですよ。出戻りの布屋が、やもめの紙屋に嫁入りするなんて、あり得ない」

お茶を出しながら、お瑛は言った。

「それより、天神さまの近くの蕎麦屋でね、むかし蓑屋に来てたお客に会ったのよ。名前は思い出せないんだけど……」

お豊は黙ってお茶を啜っている。

「もう五十くらいかな、真面目そうでわりに美男のお武家さま。前より渋くて、いい感じになってたみたい。今はそこそこの地位についてるんじゃない」

「そのお侍がどうしたんだい」

「別にどうもしないけど。ただ、親子みたいに年が違う美人と一緒だったんで、へえと思って……。そうそう、頰に傷があったわ。もうだいぶ古い傷みたい」

お豊はしばらく黙っていたが、ポツリと言った。

「帯刀《たてわき》さまかしらね」

「え、タテワキさま？」

ああ、そんな名前だったと、少しだけ記憶が蘇る。

「あのお武家様なら、よくお店に来ておいでだったよ。そういえばもうそんなお年頃……」

言いかけて、ふと口を噤んだ。なにか思い出したらしく、しばらく黙っていたが、それから激しく咳き込んだ。お瑛が背中を静かにさすってやると、ようやく発作が静まる。

お豊は興味をそそられたのか、帯刀某の話をさらに続けた。

「確か帯刀さまは、旗本屋敷に仕えておいでだった。ええと、何てお旗本だったかしら。お若いのに書が達者で、殿様に可愛がられ、佑筆も務めていなさった……」

また、しばし何か考えていた。

「ちょっと、瑛さん、その手文庫を取っておくれじゃないか。そうそう……ほら、床の間にあるでしょう」

床の間に、義父が遺《のこ》した古い桐の手箱があるのは知っていた。そこには、この家に関する公文書やら、念書や、保証書などの類いが保管されているらしく、恐ろしくて、お瑛は今もって手を触れたことがない。

言われるままに、初めてそれを手に取った。

「中に帳簿があるから、出してみておくれ。名前があるはずだ」

中を漁ってみると飴色になった帳簿が中ほどにあって、取り出すと黴《かび》臭い匂いがした。ぱらぱらとめくってみると、取引先や顧客の名前が記されており、商売の備忘録にしていたらしい。

帯刀主計《しゆけい》という名は簡単に見つかった。住所や連絡先は書かれていないが、義父の几帳面な筆跡で、欄外に〝藤林《ふじばやし》様お屋敷〟と小さく記されている。

「ああ、藤林様とある……場所はどこかしら。今もこのお屋敷に仕えておいでなんでしょうか」

お瑛が呟くと、そばでお豊が横になるのを介護していた老女のお初が、思いがけなく口を挟んだ。

「……藤林播磨守《はりまのかみ》さまは七千石のお旗本で、お屋敷は麹町にございましたよ。お屋敷もお庭も、それはそれは広うございました」

「あら、ばあや、よく覚えておいでだね」

お瑛が驚いて言った。

「帯刀さまはあの頃、よく、お店に見えておいででしたからね。はい、もう三十年近くも前ですよ」

「じゃあ、あちら様はその時分……」

「お若うございました。まだ二十歳前後でしたか。この婆だって、あの頃はまだ三十代でしたからねえ」

「へえ」

「何も、昔から婆だったわけじゃございませんよ。その頃、何度か、旦那様のお言付けを届けに上がったことがございます」

「藤林さまのお屋敷に？」

「はい、お屋敷の門番に、そっとおひねりを渡して預けるんですよ」

「へえ」

お瑛は感嘆しながらも、胸をよぎる微かな影を感じた。影というくらいだから、正体のはっきりしない疑問である。その影のしっぽを摑まえ損なって、何となく落ち着かない気がした。

それにしても三十年近く前とは、お瑛が生まれた頃である。この家に来たのは、それから数年後だった。その頃もうお初はここにいたのだ。当時の『蓑屋』をぼんやりと覚えている。おぼろな記憶の中に、人の姿が影絵のように多く動いていた。

よく人がたむろしていたのだろう。子ども心に、何てお客の多いお店なのかしら、と思った記憶がぼんやりある。そして実の父親もまた、この店の常連だったと聞いている。

お瑛が少しばかり手伝ったのは、婚家から出戻って、義父が死ぬまでの二年足らずの間だ。

その頃の帯刀主計に覚えがあるのだから、かれは三十年近く前から蓑屋に訪れていた古い常連だったわけだ。


「おかみさん、晴れて良かったすねえ」

花屋が威勢よく声をかけてきた。

午後から湯島天神の神輿が出るのである。雲間から陽が照りつけていて、暑かった。

「この分じゃ、担ぐ方も見る方も、汗になりますぜ」

お瑛は花を買って道祖神に回った。

草を少しむしり花を供えてから、しばらく色の褪せた赤い十六夜橋を眺めていた。

自分が父に手を引かれあの橋を渡ってきた頃も、帯刀主計なる武士は、蓑屋に出入りしていたのだ。

捉えそこなった〝影〟が、ぼんやりと形を現した。

父と帯刀主計とは年格好も似ている。同じ武士であり、あの店の常連でもあった。

あの人は、父のことを何か知っているのではないか。直接会っていたかもしれない。会ってはいないまでも、噂くらいは伝え聞いているだろう。

そう思うと、かすかに胸が騒いだ。

それともう一つ。帯刀主計の名と連絡先があの帳簿に書かれていたのなら、ひょっとして父の名前もあるのではないか。どうしてあの時、気がつかなかったのだろうか。

いま、お瑛がおぼろに考えたのは、そのことだった。

今さら父のことを探る気はない。別れてから、もう四半世紀がたっているのだ。そんな遠い過去を探るより、今を生きることに精力を注ぐべきだろう。

しかし、だからといってあの疑問が、胸の底から消えてしまうわけもない。父がどこへ行ったのか、生きているのかいないのか、娘を置き去りにするほどの何が父の身にあったのか。

知りたい願望は、渇きのように繰り返しお瑛を襲っていた。それを忘れさせてくれたのは、慈しんでくれた義父母への思いと、蜻蛉屋への情熱だったのだ。

それから数日たった雨の日のこと。

かねてから注文していた陶器が甲州から届いた。たまたま市兵衛が外出していたから、お瑛は自ら凛々《りり》しく襷《たすき》がけで荷をほどき、お民に手伝わせて、手早く棚に並べる。

作業を終える頃合いに、建具職人の竹次郎がひょっこり顔を出した。器には目がない男で、南禅寺香が仄《ほの》かにくゆる中、一つ一つ手に取ってはためつすがめつ吟味している。

「どうですか、竹次郎さん、今焼きは」

話しかけてみた。

「こんな素朴な土ものもいいですね。磁器にはない、捨てがたい味があります」

「あたし、本当は磁器が好きなの。九谷や伊万里の、華やかな彩色に見とれてしまうんだけど、これは形が面白いわねえ」

竹次郎は微笑を浮かべて器を見つめた。

「そうですね、最近のように贅沢は敵の時代は、質や色より、形の軽妙さが喜ばれるんですかねえ」

そんな話をしばらくして、結局は何も買わずに帰っていった。

耳に響く静かな雨の音を、聞くともなしに聞くうち、思いは昨夜のことに流れていく。

昨夜、お豊がよく眠っているのを見計らって、足をしのばせて部屋に入ったのである。いつも出入りしているくせに、いざ別の目的で忍び込むとなると、かくも胸が震えるものか。床の間のあの手文庫から、先日見た飴色の帳簿を取り出して、手燭の灯りで一枚ずつめくった。

津嶋喜三郎という父の名前はやがて見つかった。やれ嬉し、と胸がときめいた。だが名前は確かにそこに記されていたが、連絡先も住所も書かれていない。

せっかくの父の手がかりは、また遠のいてしまったのだ。

ぼんやりとそのことを思い浮かべるうち、市兵衛が戻ってきて帳場に座った。辺りを片付けて、器の配置を直している時、客がいるのに気がついたのである。

いつの間に入ったか、その女客が熱心に反物に見入っている。

一見したところ馴染みの客ではない。市兵衛を見ると、この客には好奇心をそそられたらしく、さりげなく関心を払っているのが分かる。高価な反物を買うのは、若い娘より、このくらいの年頃、すなわち色香のうつろいを敏感に感じる年頃の女なのだ。

少し角度を変えてその横顔を見て、はっとした。いつぞや蕎麦屋で見かけた、あの帯刀主計というお侍の連れではないかしら。

まさか、と思ってそれとなく注目したが、やはりあの人だ。

むっちりとした身体に、きめ細かい色白なもち肌。今日もお納戸色の地味な色の着物に、山吹色の帯を粋に締めている。

どうしてこの店に来たのだろう。偶然に通りかかったということも大いにあり得る。日本橋通りはお江戸一の繁華街だ、誰でも買い物といえば、まずはここに足を向けるのだから。

しばらく放っておいてから、さりげなく近寄った。着物に薫《た》きしめた甘い香が、ほのかな南禅寺香を圧するように濃く漂っている。

「ご自分でお召しになりますの？」

先ほどからその女は、団十郎茶という流行の渋茶色の布を手にして、迷っているふうである。

「あ……」

女は頭を上げ、こちらに目を向けた。

目が人形のようにくっきりとしていて、色が抜けるように白い。にこっと笑うと、エクボができて、こぼれるような愛嬌だった。どうやら、先日、蕎麦屋で見られたことなど、知らないらしい。

「ええ、あたしが着るには、これは地味かしらねえ」

「ああ、お客さま、今も渋いお納戸色を、とても粋に召しておられますね」

「あら」

「この団十郎茶は、確かにちょっと難しい色です、場合によってはとても地味になりますから。でもお客さまは、それだけお肌がお白いでしょう、かえって渋い色がお似合いになりますよ」

「まあ、お上手だこと。お若いのに」

「さあ、同じくらいじゃないですか」

「ふふ……」

女は反物はすでに買うつもりらしく、帯の方に目を向けて物色し始める。その時、老女の二人連れが入ってきた。

おいでなさいませ、とお瑛は迎えた。

女は結局、反物と帯を揃いで買うことになり、派手な牡丹色の帯と、浅葱《あさぎ》色に桃色の花びらの散った帯を、あまり迷わずに無造作に取り分ける。

たいそうな額だったが、後で使いの者が金子を届けるから、ひきかえに品物をその者に渡してほしいと言う。

お瑛は微笑して頷いた。

「結構でございますよ」

「ここ初めてだけど、素敵なものをいろいろ置いてるのねえ。来てよかったわ」

「有り難うございます。今日は通りがかりでしたか、それともどなた様かのご紹介で……?」

「ちょっと薦める者がおりまして。気に入ったから、また寄ってみます、あたし、銀《ぎん》といいます、よろしく」

「こちらこそ、どうぞごひいきに」

愛嬌を振りまいて、お銀は店を出て行った。いつの間にか老女の二人連れも居なくなっている。

さっそくその翌日、金は耳を揃えて届けられた。その年配の中間《ちゅうげん》は、さらにお豊あてに一通の手紙を預かって来ており、払い主がやはり帯刀主計であることが判明した。

お瑛は、団十郎茶の端布で作った巾着を余分につけて渡し、使いの者には心付けをはずんだ。

3

「ええ、ええ、この初が、お屋敷に手紙を届けましたよ」

流し場でお瑛に問い詰められ、初は白状した。

帯刀主計の話が出たあの日、お豊はしばらく何か考え込んでいるふうだったが、一日おいてお初に墨をすらせ、一筆したためたというのだ。それをお初に渡して、藤林屋敷の帯刀様にお届けするように、命じたのだった。

内容は単純な案内状だったらしい。養女のお瑛が蓑屋の跡地で〝蜻蛉屋〟を開いているから、暇な折にでもお立ち寄り下さい……と。

帯刀はそれを読んで、あのお銀を店に寄越し、ご祝儀の代わりにそれ相応の買い物をさせたのだ。

お初の話では、中間の持ってきた手紙をお豊は黙って読んで、後で焼却させたという。

熱が出たのはそれからである。また医者に来てもらい、少し前に帰ったばかり。この病気は興奮するといけないのだ。

一人でも客を呼ぼうとしたお豊の心配りが、お瑛は嬉しかった。だが、何かしら嚙み切れないものが残る。

「でも、ばあや、向こう様はよく、蓑屋を覚えておいでだったのねえ」

「そりゃあお嬢様、旦那様とは、たいそう懇意にしておいででしたから。亡くなってまだ日は浅いですもの、お忘れになるはずはございません」

お初は自信たっぷりで、何となく含み笑いさえしながら、菜を刻んでいる。お瑛は考え込んだ。

日は浅いというが、もう六年もたっているとも言えるのだ。どうしてお豊は今さら、店に寄ってほしいなどという手紙を出せたのだろう。なぜ向こうはすぐに頼みを聞いてくれたのか。

「ねえ、もしかして……何かあったんでしょう」

それとなくかまをかけてみる。

「何かって?」

「だって帯刀さまはお侍でしょう。いくら親しくても、蓑屋増五郎《ますごろう》は町人ですもの」

「またまた、お嬢様は好奇心が旺盛で……。そんな特別のことは何もございませんよ」

お初は苦笑して打ち消した。

「うそ、ばあやが嘘ついてるとすぐ分かる。ねえ、おっかさんには言わないでおくから、教えてちょうだい」

青菜をゆでるのを手伝いながら、しつこく食い下がる。お瑛はだんだん、自分の直感に自信を持ち始めた。

「何もございませんたら」

その時、店から市兵衛の呼ぶ声が聞こえた。

「ほらほら、お嬢様、番頭さんがお呼びですよ」

店にはお客がいなくて、岡っ引きの岩蔵が立っていた。

「やあ、おかみさん、お久しぶりでござんす」

そういえば、この岩蔵はしばらく顔を見せなかった。その逆三角形の抜け目のない顔を見る時は、いつだって悪い情報を聞かされる時だ。

「いつもご苦労様でございます。また何かありまして？」

精一杯の愛想笑いを浮かべて言った。

「いや、てえしたことじゃござんせんが、こちらに六十過ぎの女の二人連れが来なかったですかい。一人の方は七十近くに見えたそうで」

「あらっ、二人連れのお客さま？」

お瑛は驚いて、何となく店内に目をやった。

品のいい老女が二人、ひっそりと入ってきた姿がありありと目に浮かぶ。だがあれは昨日のことで、あのお銀が店にいた時である。

「その人たちなら、昨日来ましたよ。どうしたんですか？」

「今朝がた、この先の呉服屋で万引きがありましてねえ。こちらは大丈夫かと……」

「まあ、大変」

市兵衛を振り向いた。

市兵衛は慌てたように帳場から出て、何か被害はなかったかと反物やら暖簾やらを調べ始めた。どうやら無事らしい。

「で、捕まったんで？」

市兵衛がほっとしたように訊く。

「いや、婆さんのくせに逃げ足が早くてね。気がついた時は姿は見えなかったそうでして」

「何を盗まれたんですか？」

「反物がごっそり失くなってたって。どうやら着物の両袖に詰めて出たらしいですぜ。ところでその時、もう一人、店の中に女の客がいなかったですかね。自身番の話じゃ、もしかしたら三人組かもしれないと……」

「ええっ」

お瑛は生唾を呑み込んだ。言われてみれば、あの時、店の中にはお銀がいたっけ。しかしお銀があの仲間のはずはなかった。

「いいえ、あの時は……二人だけでしたけど」

「ならいいんですがね。その女が番頭を呼んで反物を選んでいる間に、婆さん二人が仕事をするらしい。時には一人が番頭を引きつけて、一人が盗む……」

「ふう、危なかったこと。うちはあまり贅沢品はおいてないから、狙われなかったのよ」

お瑛は胸を両手で抱くようにして、首をすくめた。昨日は、お銀のそばにいて目配りしていたおかげだろう。

お瑛は屈託なく笑って心付けを渡した。岩蔵は手早くそれを懐にしまい、軽く会釈して出て行った。

お瑛はさっそく市兵衛に、帳場から見やすいように品物を並べ替えさせ、お民にも客には注意するよう言い含める。

しかし心は晴れなかった。あのお銀が、そんな女とはとても思えない。だが疑いがかかっていることがひどく気になった。

お瑛はまた雨の音を聞きながら、しばしもの思いに浸る。


「ねえ、ばあや、六十過ぎて万引きする女の人の心境って、どんなものかしらね」

その夜、食事を終えてから、お初と並んで珍しく食器洗いを手伝いながら、お瑛は言った。

「さあ、想像もつきませんよ。よほど困ってたんでしょうねえ」

「ばあやも困ったら、やる？」

「あたしゃ、この年まで、人様のものに手を出すほど困ったことはございません。そんな技もありませんし」

「それは、誰のおかげ？」

「はい、そりゃ、蓑屋の旦那様と……」

「蜻蛉屋の女主人のおかげよね。でももしここを追い出されたら、どうやって生きていくつもり？」

「はあ？」

お初は驚いたように手を止め、横で皿を拭いているお瑛を見た。小柄な上に、最近は年のせいで少し背が縮んでいたから、それほど背が高くはないお瑛を、見上げる格好になる。

「いえ、仮の話よ。もちろんそんなことはあり得ないけど」

「何が言いたいのですか」

「だから」

お瑛はニコリとすると、お初の耳に口を寄せて囁いた。

「クビになりたくなかったら、さっさと喋っておしまい」

お初は呆れたように少しのけぞり、まじまじとお瑛の顔を見た。

「お嬢様ったら。珍しく手伝ってくれると思ったら、そんな憎まれ口を。昔はもっと……」

「可愛かったそうね」

ほほほ……とお瑛は声をあげて笑った。

「可愛いばっかりじゃ、お店なんて出来っこないんだよ。あたしを舐めるんじゃない」

「まあ、何て言い草。最近のお若いかたは」

「そう若くもないって。もっとも婆やに比べたら、誰でも若くなっちゃうけど」

「そんな大きな声を出さなくても、耳はまだまだ達者ですよ」

「耳に聞こえても、心の臓に聞こえなくちゃ」

「心の臓の奥まで響いてますって。それよりご隠居様に聞こえてもいいんですか、また先生に来て頂くことになっても……」

4

「……あなた様のご期待に添えるお話じゃございませんけどね、どうか他言無用に願いますよ」

その夜、お初は茶と駄菓子を盆に乗せて部屋にやってきた。観念したように膝をずらせてにじり入り、仏頂面のままそう念を押した。膏薬の匂いが部屋に漂う。

「分かってるって」

お瑛は領いて、行灯《あんどん》の火を少し暗くする。

この部屋は奥まっていて、風の通りがよくない。すでに中庭は雨で濡れそぼっていて、雨戸も少ししか開けられなかった。蒸し暑い中、お瑛は団扇を使って老女に風を送った。

「そう、あの帯刀さまが二十歳ぐらいの頃でしたかねえ」

話し始めた時、ちょうど五つ半（午後九時）の鐘が聞こえ、それを追うように犬の遠吠えがした。

「蓑屋の旦那さまは、三十二、三でしたか。はい、この初はその五つ上でございます。帯刀さまはあの頃から、こちらの蓑屋に出入りしておられたんですよ。旦那さまは情に厚く、学識もおありでしたから、いろいろなお方が、慕ってこられたのです」

そこでぐっと声をひそめた。

「ここだけの話、蘭学を学んでおられましてね、そちら方面にお詳しかったんです」

蘭学といえば、今の水野さまのご時世ではご法度である。だがその頃はまだ、許されていたのだろう。だから何人もの武士が、出入りしていたのだと、初めて納得する。

「ああ、こないだも申したとおり、帯刀さまは、藤林さまというお旗本に仕えておられました。あの頃、もう、決まったお方が……」

中庭を挟んだ離れで、激しく咳きこむ声がした。お初はびくっとして中腰になり、しばし耳をすましてからまた続けた。

「そんな冬も間近い、ある寒い夜のことでございました。五つを過ぎた頃……そう、ちょうど今ごろの時分でしょうか。裏口の戸を叩く音がするので、出てみると、あの帯刀さまが立っておいでになるじゃございませんか」

こんな時間にとお初は驚いた。

読書に没頭していた主の増五郎に知らせ、言いつけどおり客用の座敷に通した。すぐにお茶を運んで行くと、障子を閉め切って二人で何やら話し込んでいた。お初の顔を見ると、呼ぶまで誰も近づけるなと言い含めた。

それからどのくらいたったろうか。

肩を揺り動かされてはっと目覚めると、お初は暖かいかまどの側で居眠りしていたのだ。そばにご主人の増五郎が立っていて、お客様がお帰りだという。

慌てて裏木戸を開いて、客人を送り出した。戸締まりをするのを、背後に立ってじっと見ていた増五郎は、もう一杯茶を入れてくれないか、と所望する。

茶を運んで行くと、そこへ座れと手で合図した。

「お初、ちょっと聞きたいことがあるんだよ」

かしこまって座ると、腕組みをして増五郎が言った。

「お前には妹がいたね。何と言う名前だっけな」

「末《すえ》と申します」

「お末か。うん、確か、森下町に住んでおるんだったな」

「はい、さようでございます」

「大工に嫁いで十年たつけど、まだ子がいないと言ってたね」

「はい、さようでございます」

「ふむ、子は望まないのかね」

「いえ、ほしがっておりましたけど、もう諦めているみたいです。年が年ですから」

「突然なんだがな、生まれたばかりの赤ん坊がいるんだよ、女の子で、生後十日くらいだ。お末に貰ってもらえないものかね」

「ええっ？」

腰を抜かすほど驚いてしまった。

「詳しい事情はいっさい話せない。また話さない方がお互いによいだろう。いったん渡したら、今後はもう全く関わりなしということにしたいからね」

「…………」

「ただ、氏素性の確かさはこの私が保証する。言えないのが残念だが……。まあ、急な話だし、当面の養育費は心配することはない。どうだね、至急お末と相談してみてもらえないか。おっと、これは他言無用だよ」

そんな話を聞いている間に、お初は、先ほどお茶を出した時にチラと見た、帯刀主計の様子を思い出していた。かれは正座して俯いたまま、ずっと押し黙っていたが、ひどく青ざめているように見えた。

その赤子とこの帯刀の関係は、どうなっているのだろう。

何があったのか、説明されないから推測の域は出ないが、無関係のはずはない。もしかしたら、帯刀が不始末で生ませた子を、増五郎に頼み込んで押し付けたものではないのか。

お初はぼんやりそう思った。

幸いなことに、妹夫婦は、たいそう喜んでその赤子を我が子として迎えたのである。たぶん赤子の行き先は、帯刀は知らなかっただろう。その後もかれは、それまでと少しも変わらず、折り目正しい客として店に来ていたのだ。

増五郎が流行り病で死んだ時、遺言により葬儀は身内とご近所だけのごく質素なものだった。だが帯刀からは、それ相応の香典が届いたようである。

蓑屋を畳んでからは縁遠くなってしまったが、そんな過去のいきさつはお豊も知っていたのだろう。

「……で、その子はどうなったの」

パタパタと風を送っていた手を止めて、お瑛は思わず膝を乗り出した。

「はい、お陰さまで、お末は喜んでおりました。しばらくは幸せでしたよ。ただ、連れ合いが櫓から落ちて死んでからは、病がちでしてねえ。お澄《すみ》……その子の名前ですが、この子が十三の時に、妹は亡夫のもとに行ってしまいましたわ」

その後、お澄は下谷の大きな経師屋に奉公したのだが、いつの頃からか、行方が知れなくなってしまったという。

「探したい、会いたいとずって思って参りましたが、こちらも毎日を生きるのに精一杯でしてねえ。どうやって探せばいいかも分かりません。第一、どんな顔になってるか、見分けもつきませんわ。何しろ最後に見たのが、十三の時ですもんねえ」

「蓑屋とか、帯刀さまのことを、そのお澄ちゃんは知っているの？」

お初は首を振った。

「あたしゃ、いっさい申しませんでしたが」

お瑛はあのお銀の顔を思い描いた。まさか二人が同一人物とも思えない。

「こちらだって正確なことは聞いていませんしね。奉公先が蓑屋だってことも知っていたかどうか……。ただ、今になってみると、お末が何も言い遺さずに逝ったのが悔やまれて……。お澄にしたって、自分の親について何の手がかりもないのを、どんなに悩んでいることか」

「さあ、どうかしらね」

お瑛は我が身のことを思って、首を傾げた。何の手がかりもないことは悩ましいが、多くを知り過ぎるのは、かえって知らないより不幸せということもある。

「そのお澄ちゃん、何か特徴があるの、例えばほくろだとか、切り傷とか」

「はあ、そりゃ別嬪でしたよ。色白で目がきれいでしてねえ、お末なんかには勿体ないほどの器量よしでした」

お銀とよく似ているような気がしたが、仮にそうだとするとあれは父と娘ということになる？　そのお銀が金に困って、二人の老女を手先に遣って万引きを……？

まさか。やっぱりこの想像はあり得ないと思ったが、何かしら胸の詰まるような気がしないでもない。

「さあ、これで、せいせいしました。知っていることは全部お話ししましたから」

お初は皮肉めいて言い、丸めていた背筋を伸ばしてトントンと叩いた。

「もう追い出される心配はなくなりましたねえ」

お瑛は笑いながら、冷えたお茶を啜った。

「いえ、実を申しますとね、この婆ももう年でしょう。心おきなく極楽に行くために、早く話しておきたかったんですよ」

「あのねえ、ばあや、極楽に行くと決まったもんじゃないのよ」

「はあ？」

「他に何か隠してたら、地獄行きもありだってこと。例えばあたしの父の話とか」

「それはございませんよ。旦那様のことは何も……。ああ、草臥《くたび》れました。お嬢さまのお相手は頭の芯が疲れますわ。申し訳ございませんが、これで失礼さして頂きますよ。おやすみなさいまし」

どっこいしょとお茶の盆を持って立ち上がり、逃げるように部屋を出て行った。お瑛も廊下まで送り出し、雨戸をすっかり開け放した。

通り雨だったらしく、すでに雨は上がっている。近隣は静かに寝についていて、暗い中庭の湿った夜気に、むせかえるような草の匂いがたちこめていた。

お澄のことが思われた。生まれ落ちた時から親のもとを離され、貰われた先の養父母にも先立たれて、今は行方知れずという。

自分と似たような境遇にあるその薄幸さが、気になって仕方がなかった。生きているのだろうか、生きているとしたら幸せに暮らしているだろうか。

これまで、自分ほど不幸な者はいないとお瑛は思ってきた。

しかし父親の手触りを微かながら知っている。あの橋に行けば今でも父に会えるような気さえする。義母の慈愛の中で育てられ、一通りの手習いにも通わせてもらった。お豊は今は病床に臥せって身動き取れないが、頭はしっかりしていてまだ相談相手にもなってくれるのだ。

これはこれで、幸せなのかもしれないと思う。他人と比較したり、多くを望めばきりがない。

微風に、雨の匂いがむっと鼻を覆った。闇が垂れ込めていて見分けがつかないが、庭の隅で、たわわに蕾をつけている紫陽花《あじさい》の花開く気配が感じられた。

5

六月の花は紫陽花だ。

お瑛は大ぶりの紫陽花を腕いっぱい抱えて帰ってきて、信楽《しがらき》の瓶に生け、店の入り口に置いてみる。あおあおとした青空の色が華やかだった。

さらにお瑛が南禅寺香を焚いて店内に燻《くゆ》らせている間に、お民が拭き掃除をし、その水を店先に撒いて打ち水にする。市兵衛は商品の埃をはたきながらざっと品揃えを確かめて、後で帳簿と付け合わせる。それで開店の準備は完了だった。

「まあ、何てきれいな紫陽花だこと……」

言いながら一番に店に入ってきたのは、思いがけずあのお銀ではないか。

「あら、おいでなさいませ」

お瑛はドキリとしたが、にこやかな笑顔で迎える。

岩蔵やお初からあんな話を聞いたばかりだったから、緊張してついあらぬ警戒心が働いてしまう。

「先日は、有り難うございました」

「いいえ、こちらこそ。こんな可愛い巾着を入れて下さるなんて、嬉しいねえ」

手にあの巾着を下げて、振ってみせる。

「あたし、湯島天神の近くに住んでてね、日本橋は時たま来るんだけど、こんなお店があるなんて知らなかった」

感心したように店内を見回して言う。

「あら、この端布、きれいだわ」

あれこれ品物を手に取っては、まるで小娘のようなはしゃぎぶりだった。その肌理《きめ》の細やかな白い肌、切れ長でくっきりした目。尻の盛り上がり、丸い肩、胸の膨らみ……などが、眩しく目に入ってくる。

お瑛はお民に合図し、茶の支度をさせた。といっても、茶の道具とお湯を運んできてもらうだけ。茶は必ず自分で手ずから入れることにしている。

「お銀さん、新茶を一服のんでいらしてね」

「まあ、ありがとう、ごちそうになるわ」

お銀は気軽に上がりがまちに腰を下ろし、旨そうに茶を啜った。同じ年ごろの女同士の気安さからだろう、お喋りはことのほか楽しく弾んだ。

何人かの若い娘が入って来ては立ち去った。他に客がいなくなった頃あいにぬっと入ってきたのが、岡っ引きの岩蔵だった。

岩蔵は店内をじろりと見回し、お銀にじっと視線を注いでから、十手をぱしぱし手に打ち付けながらやおら近寄ってきた。

「姐さん、もしかして五日ほど前にも日本橋に来なすったかね」

お銀は切れ長な目で岩蔵を見返した。

「来たらどうなの?」

「ちょいと自身番まで同行願えませんかね」

「はて、何の用かしら」

「いえね、五日前に、婆さん二人を連れた美女が、この辺りを軒並み万引きで荒し回ったって話ですわ。その被害に遭った店の番頭が、先ほど自身番に駆け込んできやしてね、あの女がつい今しがた蜻蛉屋に入るのを見たって」

「へえ、その美女があたしだってわけ？　嬉しいじゃないか」

「親分さん、いくら何でも失礼じゃありませんか」

　お瑛が膝を浮かして抗議した。

「似てるってだけで下手人扱いですか？」

「いえ、ちょっと話を聞かせてもらいてえってことで。なに、これも商売でしてね」

言い方は慇懃だが、態度はどこか尊大だった。

「行こうじゃないの」

　お銀は立ち上がり、あまり物怖じした風もなく言った。

「さあ、どこへでも連れてお行き」

「お銀さん、行くことなんてないわ。訊くことがあったら、ここで訊いてくれませんか」

「いいってことよ、その代わり親分さん、人違いだったらどうすんの？」

「この岩蔵、めったに間違えません」

「そうかい。でももし違ったら、おまえさんは二、三日中に大川に浮かぶよ」

そのいささかドスのきいた言い方に、お瑛はぎょっとした。

これまで同じ地平で他愛ないことを喋っていた相手が、急に豹変したのである。柔らかいまだ娘らしさの残る顔の下から、啖呵を切る伝法な姐御の顔が覗いたのだ。

「おや、こりゃ威勢のいい姐さんだな。はいはい、どこにでも浮かべてもらいやしょう。話はあちらで聞きますぜ」

お銀の啖呵をはったりと思ったらしい。岩蔵は、お銀を引き立てようとした。お瑛がその間に割って入った。

「おやめなさいって」

その時、暖簾を分けて誰かが入ってきた。髭のそり跡があおあおとした、色の白い、頬肉の削げた男である。

「や、姐さん、こんな所にいなすったんですかい。急に見えなくなっちまったんで、心配しやしたぜ。そろそろ帰った方が……」

言いかけてはっとしたように口を噤《つぐ》んだ。岩蔵の存在に気がついたのだ。

「こちらの親分さんは？」

「これからあたしを、自身番までお引き立てなさるんだよ。どこぞの年寄りをダシにして、この辺りを盗んで回ったんだってさ」

お銀の声に、男の表情が険悪になり、青白い顔はさっと桃色に染まった。耳までも尖って見えた。今にも懐から匕首《あいくち》でも飛び出しそうな雲行きである。

「なに、死に損ないの婆アと組んで盗みだと？」

「いえ、そんな報せがへえりやしたんでね、面通ししなくちゃならねえんで」

「そうはいきませんや」

若い男は袖口をまくり上げ、気味の悪い笑みを浮かべて懐に手をやった。二の腕に青黒い二筋の入れ墨が見える。前科を示す証拠だった。

「こちら、そんなしけた御方じゃねえやい。それとも深川木場を仕切る、大迫《おおさこ》親分の姐さんと知っての言いがかりですかい。あっしは銀蝿《ぎんばえ》の留《とめ》というけちな野郎だが、どこへでもお供してる用心棒だ。姐さんが恥かかされたんじゃ、大迫親分に言い訳が立たねえ。命の惜しいあっしじゃありませんぜ」

匕首を半ば取り出した銀蝿の腕を、お銀が押し止めた。

「おやめよ、銀蝿」

お銀はさすがに貫禄だった。

「あたしは確かに、呉服屋を二、三軒見て回ったんだ。日本橋は久しぶりなんでね。たぶんその婆さん二人は、あたしの後をつけ、行く先々で盗みを働いたんだろう。お前がそいつらを取っ捕まえて、突き出せばいいんだよ。それまであたしは、番所に入ってるから」

「そ、それには及びませんや」

岩蔵は青ざめて急に低姿勢になり、ぺこぺこ頭を下げた。

「大迫親分の姐さんとは知らず、失礼しやした。婆さんはこちとらが捕まえますんで、どうかここはご容赦を」

そそくさと出て行く岩蔵を、銀蠅が追いかけようとした。それをお銀は止め、その手に小遣い銭を握らせた。

「ここにもう少し用があるんで、あと四半刻、遊んでおいでな。騒ぎを起こすんじゃないよ」

「へい、分かりやした。すんません、姐さん」

男はぺこりと頭を下げて出て行く。

その後姿《うしろすがた》をお銀は襟をかき合わせながら見送って、振り向いた。その顔にはもう元の柔らかい微笑が戻っている。

「まったく……」

そう呟くお銀の美しい顔を、お瑛はまだ硬い表情で眺めた。

「あの銀蝿に付きまとわれるより、番所の方がまだましなの。うるさいって、五月の蝿と書くでしょう。あいつはお銀につきまとう蝿だから、銀蝿って呼ばれてる。度胸もないくせに喧嘩っ早くて、すぐに刃物を振り回す……五月の銀蝿よ」

「まあ」

お瑛は笑い出した。

自分の推理は全然外れていたのである。お銀はどうやら、やくざの親分の囲われ者で、ちょっと出かけるにも見張りがつくほど、惚れ込まれ大事にされているらしい。とすると、あの蕎麦屋で痴話喧嘩していた帯刀とは、一体どういう仲なのだろう。

「どこへ行くのも監視がつくんじゃ、何だか窮屈ねえ」

「ああ、でも、大丈夫。あの銀蝿を騙して遊ぶのはわけないの。お小遣いさえ弾めばいいんだから」

お銀は悪戯っぽく笑って、ぐっと声をひそめた。

「これでね、好きな男がいるのよ、秘密のね。すべて銀蝿が目をつぶってくれるおかげで、会えるってわけ。ほら、先だって反物買ってくれたひと……ふふ」

それが帯刀主計ということか。二人は一体どういう出会いをして、何故あんなに焦れたような関係を続けているのだろう。

湯島に住んでると言ったが、大迫親分の監視があっては、そんなことは不可能だろう。湯島の家はもしかしたら帯刀の別宅か、かれが借りている秘密の部屋に違いない。

またあらぬ妄想が胸に広がり、落ち着かない気分でいるうち、やがて、あの銀蠅の留と呼ばれる若者が戻ってきた。今度はさすがにお銀も素直に立ち上がった。

「お茶ごちそうさま。あーあ、久しぶりに楽しかったわ。また寄らせてちょうだいね」

お銀の去った後、パラパラと音をたてて雨になった。

6

その夜は蒸し暑かった。

暑い上に、湿気が病人に障《さわ》るからと、寝室の雨戸は閉め切っているのである。お豊の枕辺で、お初が団扇で風を送り続けていた。

「ねえ、ばあや……」

ようやくお豊が寝息をたて始めたのを見て、お瑛はひっそりと声をかけた。

「こないだ聞いたお話だけどねえ」

「ええと、何のお話でしたっけ。あたしゃ耄碌《もうろく》してますんで、すっかり忘れましたよ」

お初は手を動かしたまま低く言った。

「一つだけ思い出してくれればいいの」

「無理ですって、あれ以上は何も……。古い話ですから、もう、たいがい忘れましたよ」

「例の赤ん坊の父親のことも？」

「勘弁して下さいましな、こんな所で。剣呑《けんのん》剣呑……」

お初は怒ったように口を閉ざし、よっこらしょと立ち上がって出て行ってしまった。

お瑛は溜め息をついた。

あのお銀が、やくざの姐さんと知って、改めてその出生を訊かずにはいられなくなった。帯刀のような地位にある者が、よりによって泣く子も黙る大迫親分の女と忍ぶ仲を続けるとは……。どう考えても訳ありとしか思えない。

もう部屋に引きとる時間だったが、すぐには眠れそうにない。少しだけ雨戸を開けて空気を入れ替え、団扇を取ってパタリパタリと煽ぎ始める。

その時、思いがけない声が聞こえた。眠っているとばかり思いこんでいたお豊の声である。

「〝丸に下がり藤〟の紋章って、知ってるかい」

「おっかさん……」

お瑛は一瞬、お豊が寝言を言っているのかと思った。だが団扇を持つ手を止めて覗き込むと、目を開いている。

「丸に下がり藤……なに、それ?」

「藤林さまの御家紋じゃないか」

「………」

「赤ん坊の肌着を包んでた風呂敷に、その紋章がついてたんだ」

お瑛は沈黙し、その意味することを反芻した。

お豊がそれを知っているということは、赤子はまず蓑屋夫婦に渡され、その仲介でお初から、お末に渡されたのだろう。

「では赤子は藤林さまの……」

「おそらくね」

「これで、お初をいじめるのはお終いになさい」

「…………」

お豊は顔を向こうに向けて、強く言った。

「商売を続けていこうと思ったら、人さまの出生などを軽々にお言いでない。特にお武家さまのことはね」

藤林家の落とし胤《だね》だからこそ、帯刀も必死だったのだろう。

おそらくお銀はお澄に違いない、というお瑛の思いは、このお豊の言葉でさらに強まった。

そう類推する根拠の一つは、町人の未亡人にすぎないお豊が、家老という地位にあるお武家様にあのような手紙を出したことだ。そこには、落とし胤を仲介したという貸しの他に、もっと大きな要素が介在しているような気がするのだった。

すなわち草木初めの反物を着せたい相手が、帯刀にはいる。そのことをお豊は知っていたのではないか。

帯刀は、行方知れずになっている子を、手を尽くして探していたのではないだろうか。その手始めにお豊に会い、お初の妹の消息を聞き出したとしても不思議はない。

探す過程で、お豊の知恵を借りたとも考えられる。

そうしたことをお豊に問いただしたかったが、金輪際答えてくれないのは分かっていた。


それから数日後のこと。

布地の見本帖を整理していたお瑛は、はっと顔を上げた。

入り口に思いがけずあのお銀が顔を覗かせていて、にっこり笑っている。どうやらまた銀蠅をまいてきたらしく、落ち着かなげに背後を気にしていた。

ちょっといいかな、と外を指さして言う。梅雨の真っ最中だが、折から雲が切れて日が差しており、外は明るかった。

お瑛は市兵衛に店を頼んで、外に出た。

人通りの多い表通りには出ずに、お瑛は最初の辻でそのまま右に折れていく。次の辻をまた折れて、裏通りを掘割の方へ向かって歩く。肩を並べると、それまで黙ってついてきたお銀は不意に言い出した。

「お瑛さん、あたしね、今日はお別れを言いに来たのよ」

「えっ?」

お瑛は驚いて思わず立ち止まった。お別れと言ったたって、まだ出会ったばかりというのに。

「あたし、江戸を離れようと思うの」

「急にどういうこと」

「もううんざり。こないだみたいなことがあると本当に嫌になっちまう。あたしの周囲はね、喧嘩と博打ばかり……。もっと別の生き方をしたいって、ずっと前から考えていたんだけど。お瑛さんの生き方を見た時から、やっとふんぎりがついた」

「まあ……あたしなんてお手本にならないわ」

お瑛は口ごもった。所帯をもつのに失敗して出戻ってるということを、お銀は知らないのだろう。

「江戸には、お銀さんを必要としてる人がいるでしょうに」

「そんな人いない」

お銀は首を振った。

「あたし、捨て子と同じで、係累がいないの、両親は早く死んだし、一人っ子だったしね。好きな人はいるけど、そちらももうだめ。何年も付き合っているけど、どうにもならない……」

いつぞや、蕎麦屋で見かけた二人の様子が目に浮かんだ。確かに二人の関係は煮詰まって、手がつけられないほど女は焦れていたっけ。

「確かに極道者の女じゃ、これ以上望むのは無理ってもんだよね。それは分かってるんだけど……」

「その方はどう言ってるの」

「極道と手を切って、早く堅気に嫁に行けって、それぱっかり。自分は独り身なのに、あたしとどうするって気はない」

いつの間にか堀に出て、十六夜橋が見えていた。

雨でほんの二、三日来ないうちに、道祖神の周りで何かの黄色い花が咲き始めている。先日供えた小ぶりの紫陽花は、まだ花入れの中で青々と花を咲かせていた。

「お銀さん、大迫親分と縁を切りたいのね」

お瑛は道祖神の前にしゃがみこみ、雑草を摘み取りながら言った。すぐには返事はなかったが、お銀も続いてそばにしゃがみ、ぽつりと言った。

「きれいな身になりたいの」

「…………」

「惚れた男のためにか。ふふふ……でも馬鹿みたいね」

その人とは、数年前に、さる場所で知り合ったのだという。どこかの姫君に似ているとか冗談を言われて、親しくなった。

それから時々、会いに来るようになった。いつも丁寧で、何かと親切にしてくれたという。お銀はいつしか思慕の念を抱くようになっていたが、相手はお武家さま、何も期待してはいけなかった。

「江戸を出るってことは、その人と別れるってことね？」

お瑛が問うと、お銀は頷いた。

「もうどうでもいいの、あんな煮え切らぬ男」

どこかに逃げましょう、と誘ったことがあるのだという。だがそれを聞いて、相手は笑ったのだそうだ。

にわかにあの蕎麦屋でのやり取りが、現実味を帯びて浮かび上がってきた。

「笑ったのよ、あの人。あたしを笑ったの。そりゃそうかもしれない。極道の女が、お武家さまに逃げましょうだなんて、ちょっとおかしいわねえ」

「何か、事情があるんじゃないの」

「ううん、ただの意気地なし」

またあの〝お銀はお澄〟という推理が胸に湧き上がる。

かれは手を尽くして、色っぽく成長した娘を発見したのではないか。互いに惹かれ合っていながら、それ以上に進めないのは、単に意気地なしというのとは違うだろう。

帯刀はもろもろの網の目に、がんじがらめになっている。女は主筋の血を引いており、自分は今もその家の家老をつとめていること。そしてもし極道の女と結ばれたら、主家へどんな影響が及ぶかも考えざるを得ないだろう。

「ああ、もう、いや。何もかもいや……」

お銀は急に首を振って言い出した。

「自分で自分が許せないのよ。大迫の旦那に拾われる前、あたしは何をしていたと思う？　はっきり言うわ、吉原に身売りされて女郎やってたのさ。そこへ、あの人はお客として現れたの」

帯刀が身請けしようとした時には、すでに大迫親分の話が進んでいたのである。

「情けない、好いた男の女にもなれないなんて……」

むしった白いさぎ草の花びらに、ぽたぽた涙が垂れた。

「お銀さん、自分を責めないで。今の世の中で、女ひとり生きるのは大変なことだもの」

「ううん、そうじゃないの。こんなに汚れてるくせにさ、金襴緞子の帯しめてあの人の所へ……なんて、そんな甘い夢見てる自分が許せないの」

お銀は泣いていた。

「あんたは、ちっとも汚れてなんかいないわ」

言いながら、お瑛も涙を流した。お銀のような女が、そんなしおらしいことを言うなんて。いつか自分も、ひどく汚れた女に思えたことがあった。男の愛情に餓え、それが得られない時だった。どこかへ逃げられるものなら逃げた方がいいのかな、とその時お瑛は思ったものだ。

「でもお銀さん、大迫親分から……あの銀蝿から、逃げきれる?」

「逃げてみせる。あたしはいつだって逃げてきたんだもの」

お銀にとって生きるとは、逃げることだったのかもしれない。

「約束してちょうだい。きっと無事に逃げきるって」

「ええ、大丈夫」

「その時は知らせてちょうだいね、そしたらあたしがそのお武家さまに取り次ぐから」

「あの人はもういいの」

「だめ、お銀さん、いつかきっと金襴緞子の帯を締めるのよ」

お瑛は、小指を差し出した。旦那を振り切って旅立とうとするお銀には、それが一番のはなむけの言葉だと思った。

「花嫁衣装はすべてうちの布を使ってね」

するとお銀は、あはは、商魂ね……と声を上げて笑い、ぎゅっと小指を絡めてきた。どちらからともなく二人は抱き合って、少しの間、涙を流し合った。

「や、姐さん、こんな所にいなすったか」

聞き覚えのある声が降ってきた時は、二人は仏像が彫られている石塔に向かって手を合わせている最中だった。

顔を上げると、あの銀蝿が、ああおとした頬をさすりながら立っていた。息を弾ませ、肩で息をしているところを見ると、探していたのだろう。だが汗ひとつかいていない。

「遅いじゃないか、銀蝿。ちゃんと護衛してないと、旦那に言いつけるよ」

お銀は裾を払って立ち上がり、さばさばした笑顔をお瑛に振り向けた。

「今日はすまなかったわね、おかみさん。大事な商売の時間を使わせちゃって。近いうちに必ず連絡するから」

そのまま江戸橋の方へと歩みかけたが、ふと何か思い出したように戻って来て、お瑛の耳元で囁いた。

「あの万引きの婆ちゃんだけどね、子どもの頃、一緒に組んでた仲間なんだ。二人とも男運が悪くてねえ。一人なんか、七十を超えた今でも逃げた亭主の借金返してるんだって。あんまり気の毒なんで、ちょいと稼がせてやったのさ」

笑いながらすんなりした背を見せて歩き出し、もう振り向かなかった。そのすぐ後を、ひょこひょこと銀蝿がついていく。

お瑛はそこに立ち尽くし、呆然と見送った。

縦横無尽に皺の寄った、白い梅干しみたいな老女の小さな顔が思い浮かぶ。少女のお銀が店の目を引いてる間に、万引きを重ねたのだろう。その少女がお澄だとしたら、奉公先の経師屋から逃げ出してからだろうか、と思ってみる。

ぎゅっと絡んだ小指の感触が、痛いほどに指に残っていた。

「さよなら、お銀さん、きっとまた会おうね」

胸の奥で呟いた。

お銀が、お澄かどうかは未だに謎だけど、お銀の血にはどこかに高貴で涼やかなものが流れているとお瑛は感じる。

十六夜橋に西陽があたって、はげた朱色が赤々と映えている。

何だかお銀はその橋を渡っていったような気がして、自分が取り残されたような寂寥感に襲われ、お瑛は後を追いたくなった。

参の話　化け地蔵

1

「はあ、そんなもんですかのい、神隠しなんちゅうことが、このお江戸でも起こりますんかの」

煙管《きせる》に莨《たばこ》を詰めながら、仙蔵《せんぞう》はのんびりと言った。

この老商人は毎年この季節になると、信州飯田から、草木染めの織物を山ほど背負ってやってくる。今年は雨の中、蓑笠つけて現れた。今の江戸では流行《はや》らないような大げさなものだったから、陰でひとしきり話題となった。

生まれはさらに日本海側に分け入った山村だそうで、語尾に聞き馴れない訛《なま》りがある。

飯田の在で冬期に作られる織物を運んできては、幾つかの店におろし、江戸の名物や、下町で買い漁った流行の品々を山ほど背負って帰っていく。

銀座は松崎の煎餅、日本橋は黒江屋の漆器、山本山の海苔、芝居町で仕込む役者絵、浅草の駄菓子類、さらに流行の柄《がら》の手拭い、扇子、団扇などを安く大量に仕込む。祭りの縁日で出すと、飛ぶように売れるという。

蜻蛉屋の上がりがまちで商談が終わると、ちょうど八つ（午後三時）。お瑛はお茶を入れ、おやつに藤屋の汁粉餅を添えて出した。

甘い物に目のない仙蔵は、目を細め、深い皺をさらに深めて舌鼓をうった。

「去年は、今川焼きを馳走になって、えろう旨かったがや。近くの今川橋で売ってるそうですのい」

「ああ、仙さんに頂いたイナゴの飴煮も、美味しゅうございましたよ」

「はあ、あの村にゃ、イナゴぐらいしかないでのう」

「素晴らしい草木染めがあるじゃないですか」

「はあ、冬の間は、男衆はたいてい炭を作り、女衆は反物を織りますがや」

朝から雨が降ったり止んだりで、お客は少ない。仙蔵は茶を啜りながら食べ終え、のんびりと煙管で一服している。

「何か珍しい話はありません？」

お瑛も茶を啜りながら言った。

「そうですのい……今年の春、七年に一度の祭りの時に、五つの坊やが神隠しに遭うたがや。夜になっても帰らん、次の日になっても帰らんで、親はもう狂うとりました。可愛い子じゃったで、天狗に攫《さら》われたんだと皆は噂しとりましたがや」

「天狗……ですか」

「はあ、三年前にゃ、隣り村に出たがや。ワラビ採りに山に入った米屋のかみさんが、帰ってこんかったですのい。一体何のしわざじゃったかと、今も噂しとりまっすい」

「天狗の他にも何かあるんですか？」

「狐ですわ。あの辺りの峠には猿が多いですのい、猿に追われて山奥に迷い込み、狐に化かされて嫁入りしたとも言われますがや」

「狐に嫁入り？」

「へえ、江戸なんかじゃ、信じられない話じゃがのう。こういうおなごは、大抵二十年くらいして襤褸《ぼろ》を纏って帰って来るんじゃて。近くに狐が待っとるで、すぐまた出て行きますがのい」

そこで口を噤んだ。ちょうど年配の女客が入ってきたので、お瑛の目がそちらに向いたからである。

仙蔵は旨そうに煙管を吸い続け、のんびりと日本橋の雨を楽しんでいるようだ。荷はもうあらかた整えてあるが、あと二晩、知り合いの家に泊めてもらうそうで、もう何もすることがないという。

お瑛は番頭とお民に後を任せて、お豊に水薬を呑ませるために席を立った。

少したって戻ってくると、雨の勢いはさらに激しくなっていて、仙蔵はいまだにのんびりと腰を落ち着けている。

先ほどの女客も反物の包みを抱えたまま、入り口に立ち往生していた。この雨に出て行くのは難儀だろう。

髪をだるま返しにしゃきっと結い、黒の塗り下駄を履いた粋ないでたちで、三味線でもやっていそうな老妓に見える。

「お客様、お急ぎでなければ、一服なさいませな。そのうち小降りになりましょうから」

お瑛は言って、その女客にもお茶をすすめた。

老女は微笑して、はい、じゃあ遠慮なく待たせてもらいましょ、とあっさり腰を下ろした。

「仙さんも、もう一服いかがですか。信州の面白いお話、もっと聞かせて下さいな」

「はあ、神隠しの話ならいくらでもあるがや。江戸じゃ珍しいんですかのい」

「そうですねえ、でもたまにありますよ」

お瑛は、笑いながら頷いた。

「あれは去年だったかしら、ねえ、市さん」

片づけものをしていた市兵衛は、応援を求められて苦笑し、手を止めずに答える。

「はい、ございましたねえ。近くの紅屋のおかみさんが、蠟燭を買いに出たきり、帰らなかったって話でしょう」

かれは、暇な時でもほとんど手を休めない。帳場から出て来て棚の反物を帳簿と照らし合わせたり、欠品を書き出したり、いつも何かしら仕事を見つけ出す。

「ところが、三日たって、ひょっこり帰ってきたのよね。でもいくら問いただしても、三日間どこに居たのか、どうしても思い出さなかったそうで……」

「そりゃ、おかみさん、わしらの田舎じゃ、狐に化かされたって言うがや。しかし戻ってよかったですのい。嫁入りしたおなごは、二十年は戻れないそうじゃて」

仙蔵はしきりに頷いて、また煙管を取り出した。

「ふむ、お江戸にも神隠しがあるとはのう……」

「江戸じゃ、子どもがよくいなくなりますよ」

言ったのは、先ほどから静かにお茶を啜っていた老女である。

「あたしゃ、家が本所ですけどねえ、小さい頃、子とろ子とろ……と唄ったもんです。天狗さまより、人買いがこわい。家の近くの寺に赤婆というお地蔵さんがありましてね。胆試しによく使いましたよ」

「赤婆……?」

そばで聞いていたお民が、思わず口を挟んだ。ごろごろと雷鳴が響くと、亀のように首をすくめる。

「ええ、お地蔵さんのくせに、すごくこわい顔をしてるんですよ。頭に赤い布を被っていて、唇が赤くて……。神隠しにあった赤ん坊を食らうんで、赤くなったんだって」

2

「ああ、胆試しといえば」

お瑛が思い出したように言った。

「この近くに化け地蔵というのがありましてね」

「化け地蔵？」

お民が乗り出し、頓狂な声を上げた。

「おかみさん、それ、十六夜橋のお地蔵さんのことですかあ？」

「ええ、そうよ。子どもの頃、夏の夜の胆試しには、必ずあそこまで行かされたものなの。ああ、また……」

微笑して言いながら、外を窺った。軒下に誰かが雨宿りしているようだ。

雨脚がさらに強くなり、ざあざあと音をたてていた。たれこめた雨雲のせいで店内はうす暗く、備前の瓶に無造作に放り込んだ紅い立葵ばかりが、生き生きとして見える。

「もし、そこのお方、どうぞお入りなさいましな。そこじゃ濡れますよ」

お瑛は中腰になって声をかけてみる。

だが入ってくる気配はない。無理に誘うこともないと思っていると、珍しくお民が妙に気をきかせて外に走り出て、一人のお侍を無理に引き入れてきた。

その姿を見るや、老女が茶を呑む手を止めて呟いた。おや、定九郎《さだくろう》かえ……。お瑛が笑いをこらえた。

定九郎とは、『仮名手本忠臣蔵』五段目に登場する悪党のこと。どてらに丸ぐけ帯という野暮ったい山賊姿の冴えない役だが、歌舞伎役者の中村仲蔵《なかむらなかぞう》が、粋な浪人姿に変えて、一躍衆目を集めるようになった。

仲蔵がその役作りに悩んでいた時、にわかの夕立でずぶぬれになって飛び込んで来た浪人を見て、はっと閃き、そのまま写しとったという。破れた蛇の目に、黒羽二重の着流し、茶小倉の帯に朱鞘《しゅざや》の大小をさし、雪駄をはさんで、下は白塗りの裸足、伸びた月代《さかやき》に雨滴が光り……その惚れ惚れする色悪ぶりは、やんやの喝采を浴びた。

いま雨に濡れて入ってきたお侍も、月代は五分に伸び、黒羽二重ではないが黒っぽい着物を着流して、雪駄ならぬすり減った下駄を手にして裸足だった。どうやら鼻緒が切れて、雨中、立ち往生していたらしい。

「まあ、すっかり濡れなすって。お茶でも召し上がって、ゆっくり雨宿りなさいませ」

お瑛がかいがいしく乾いた手拭いを渡す。

稲光がして、一瞬、お侍の顔がくっきりと浮かび上がる。なかなかの男前だった。

稲光は、雨に塗り込められた薄暗い店内をも映し出した。ひっそりお茶を呑んでいる人々にお侍の方もたじろいだらしい。場違いな所に迷い込んだような表情を浮かべて、隅に座った。

その時、あら……とお瑛は目を瞠《みは》った。

いつの間にか、隅っこにもう一人お客が座っていたのだ。十八、九のうら若い美女で、どこから見ても大店のお嬢さん風だが、下女を連れていない。たぶん近くに住んでいて、店を覗きに来たのだろう。どこかで見たような顔だった。

「お武家さま、その下駄を貸しなされ。すぐに直りますがや」

仙蔵が声をかける。

「あ、いや……」

「遠慮はいらんがや」

「では失礼つかまつる」

すり減った下駄を差し出して、また腰をおろした。

お侍と隅の女にお茶を出しながら、お瑛は市兵衛の顔をチラと見た。こんなお天気だもの、たまにはお喋りも構わないわねえ。目でそう問いかける。すると、ああ、たまにはゆっくりして下さいよ、という返事があったような気がした。

「その化け地蔵、化けますかのう」

鼻緒にする布を縒《よ》りながら、仙蔵が問いかけた。

「ええ、いろいろな言い伝えがありますよ」

お瑛は残りの茶を啜って頷いた。

「お地蔵さまは、三体ありましてね、あの辺で亡くなった無縁様を祀っていると言われます」

「お地蔵さんは、何もない所に立ちゃしませんもの。必ず地霊を祀ってます。三体お地蔵さんがあるということは、三人がそこで亡くなってるってことよね」

老女が頷いて言った。

「ええ、一人は掘割に浮いた女性、一人はあの場所で斬り殺されたお武家さま。もう一人は、たぶん捨て子でしょうね。夜中にあの辺りに行くと、赤ん坊の泣き声がするとか、子どもが飴をねだるとか……」

「おお、こわ……」

仙蔵は首をすくめた。

すると、くすりと笑った者がいる。見ると、あのうら若い美女だった。今どきの若い娘には、怪談話などばかばかしいのだろうと、お瑛は苦笑した。

「ええ、ばかばかしい話ですから、どうぞ笑って聞き流して下さいまし」

「いいえ、ごめんなさい」

美女は屈託なく笑って、鬢を膨らませた灯籠鬢の頭を軽く下げた。やっぱりどこかで見たことがあるとお瑛は思ったが、すぐには思い出せない。するとお民が口を挟んだ。

「おっかさんが言ってました、怪談なんて、人を怖がらせるための作り話だって。元の本当の話が一番怖いんだって」

「ああ、それは言えてるでしょうね。胆試しのために作られたような大げさな話よりも、実際に体験したちょっとした話の方が怖いものよね。ええ、あたしにも一つだけ、今思い出しても怖いと思う体験があるんですよ」

「ほんとう？」

「ええ、あたし、実際に見たんですもの」

その言葉に皆はしんとした。

3

掘割にかかる十六夜橋の袂は、今が花盛りだった。

舟が接岸して荷揚げするので、掘割沿いに道らしい道はなく、ぎりぎりに倉庫が建ち並んでいる。そのぎりぎりの際に、菖蒲や紫陽花が咲き揃っていた。

橋の袂は草の生い茂る空き地になっていて、流木やら材木が雑然と積み上げられ、壊れた舟が放置されている。それを取り囲むように彼岸花や紅い立葵が、暑さに誘われて、狂ったように咲き乱れているのだった。

その茂みに埋もれるように、三体の地蔵が並んで立っている。聞いた話では、父とお瑛が十六夜橋を渡ってこの町に来るはるか以前から、そこにあったという。

あれはお瑛が十四歳の夏の寝苦しい夜のこと。

近くの稲荷神社に花火をしに集まった子どもらが、胆試しをしようということになった。次のように取り決めた。提灯を下げてあの橋の袂まで行き、まずは一つの地蔵の前に蠟燭を立てる、二つめの前に自分の大事な物を置き、前の人の置いていった物を持って帰る。

何も置かれなかった地蔵の前には、お賽銭を置く。恐怖心に駆られて一つでも空けたままにすると、その地蔵が化けると言われていた。また、何も置かなかったり、何も持ち帰らなかったら、罰金を払わされるはめになる。

その辺りはほとんど人通りがない。朝のうちは魚河岸に向かう人が行き交い、大八車が通ったりもする。

朝市、夕市と魚河岸のセリの声は一日中絶えないが、ここは九つ（正午）を過ぎると、ぱったり人通りが途切れてしまう。材木置き場や、舟の修理場や、倉庫が並ぶその先から、魚河岸の喧噪だけが押し寄せてくる。

夜ともなると真っ暗。柳の木の下で黒々とぬめる掘割が、大地の裂け目のように見え始める。

そこまでの道も、土蔵や、掘っ建て小屋や、壊れた長い塀が続いているばかりで、軒行灯の出ているような店はない。大抵の女の子は怖がって、男の子に付き添ってもらう。

怖い怖いと手を取り合い身体をくっつけ合っていくのが、その年頃には楽しいのである。

だがお瑛は人一倍の臆病者のくせに、強がって付き添いを断った。十六夜橋の辺りは父親の思い出が漂っていて、べつに怖い場所ではないからだ。

五つ半（午後九時）、お瑛は一番手で出かけていった。

橋の袂の空き地には蛍が飛び交い、虫がすだいていた。

提灯片手にお地蔵様の前までやって来て、一つめの地蔵の前にぬかずいて蠟燭を立て、提灯の蠟燭の火を移す。

次の地蔵の前に扇子を置こうとして、ドキリとした。ゆらゆら揺らぐ蠟燭の炎の中に、何かが見えたのだ。周囲に目をやって、腰をぬかすほど驚いた。

三つめのお地蔵様の横に、同じ背丈の子どもが立っていたのである。足音もしなければ、身動きする気配もない。笑いも泣きもせず、降って湧いたようにそこに立っており、闇の中からこちらを見ていたのだ。

髪の毛の逆立つ思いがした。一体どこから来たのだろう。この時間に、そんな小さな子が一人で遊んでいるわけもない。

それまで何も怖くなかったのに、不意打ちをくらってきゃっと叫び、扇子もお賽銭も取り落としてしまった。それを拾う余裕もなく、足に触れる物を片端から蹴飛ばして、こけつまろびつ逃げ出した。

逃げ帰って歯の根も合わずに皆に報告すると、何かの見間違いじゃないの、と口々に言われた。野良犬だよ、とか狸に化かされたという子もいた。

確かめてみようということになり、全員で連れ立ってその場所に戻った。わいわいがやがや、桶を叩く者もいて、賑やかだった。

だが現場に子どもの姿などあるはずもない。誰かがいた形跡も見当たらなかった。

何かの見間違い、と言われた。そう考えたからといって、あの時のうす気味悪さが解消されるわけもなく、誰もが心の底では、化け地蔵のしわざと思っていた。

それから半年ばかりして、あの界隈の掘割に、一人のうら若い女の死体が浮かぶという事件があった。

噂では、あの辺りに出没していた〝夜鷹〟だという。

夜鷹とは、河岸や草むらで春をひさぐ安女郎のこと。そうした女の存在を、初めてお瑛は大人から知らされたのだ。斬り傷や、首に絞め跡などはなかったから、たぶん酒に酔って堀に落ち溺死したのだろう、と皆は噂した。

しかし誰言うともなく、噂が流れた。女は化け地蔵を見たのに違いないと。あの橋の袂の草むらに男を引き込んで稼ぐうち、怪異な何かを見てしまい、狂って川に飛び込んだのだと。

「あれだけは、今でもよくわかりません。もう十五年も前ですもの。やっぱり何かの見間違いだったのかなと……」

お瑛が言いかけた時、老女が口を挟んだ。

「いえ、そうじゃありません」

びっくりしてお瑛はそちらを見た。

「おかみさんは、本当の子どもを見たんですよ」

「本当の子ども……？」

「そう、幽霊じゃなくて。あたしゃ、この土地の者じゃございませんがね、時々お座敷がかかって、こちらに呼ばれて来るんです。それでちょいと思い出したことがあります。昔、お酒の席で聞いた話ですけど……」

その頃、日本橋界隈の掘割には、子連れの若い夜鷹がうろついていたと。どこから現れたか、どういう身の上か、誰も知らない。幼子がいるためか、置屋には属さずに夜鷹にまで身を落として商売をしていたようだ。

ところが突然その子が、神隠しにあったという。誰かが連れ去ったのか、死んだのか、誰にも分からなかった。

消えてしまった子どもを半狂乱で捜し回った女は、悲しみのあまりついに正気を失い、夏のある朝、掘割に浮かんでいるところを発見されたのだという。

「おかみさんが見たのは、まだ神隠しに遭う前のその子じゃなかったの？　その時きっと草むらには、その母親がいてお商売してたんですよ」

「まあ、そうだったんでしょうか」

お瑛は目を瞠ったまま、十五年前のあの遠い映像を思い浮かべた。そのように考えてみれば、そうかもしれないとも思う。

あれは怪談でも何でもなく、哀れな子連れ女郎の話だったのかなと。

4

「なるほど」

それまで押し黙り、影のように座っていたお侍が、不意に口をきいた。皆はぎょっとし、五人の目が一斉にそちらに向いた。

武士はこのような他愛ない下世話な話には加わらないものと、誰もが何となく思い込んでいたからである。

「いや、じつはそれがし……」

定九郎そっくりに濡れた鬢をなであげながら、お侍は少しばかり照れたように言った。すでに下駄の鼻緒は綺麗に直って、いつでも外に出られる状態にある。それでもそこに座っているのは、話を聞いていたからだろう。

「今の話を聞いて、ちょっと思い出したことがござってな」

わけがあって今は浪々の身だが、数年前までは、八丁堀の組屋敷に住んでいたのだという。その頃に、同じ組屋敷にいた同僚から聞いた話を、今の話を聞いていてふと思い出したとか。

あるむし暑い夏の夜ふけのこと、その同僚は知人と呑んだ後、江戸橋を渡って帰ろうと、掘割沿いの道を提灯片手に急いでいた。十六夜橋の辺りまで来た時、四つ辻の角の草むらから声をかけてくる者がいたという。

「ねえ、旦那、ちっと遊んでいかない」

ぎょっとして声の方を見ると、真っ暗な闇の中に、白塗りの顔がぼうっと浮き上がっている。どうやら草むらの蓙《ござ》に座っているようだ。なるほどこれが噂に聞く夜鷹か、と思いつつ、黙って通りすぎようとした。

「ねえ、ちょっとだけ遊んでおいきな。いい思いさせてあげるから」

しつこく女の声が追いかけてくる。

「あいにく持ち合わせがない」

「二百文で、極楽に行かしてあげるって。百八十文にまけてもいいんだよ」

二百文といえば、居酒屋で軽く一杯、ひっかけるくらいの値段である。少し酒が入っているせいだろう、こんな寝苦しそうな夜、しばし涼しい川風に吹かれて遊んでみるのも一興か、と気を引かれないでもなかった。

「お望みどおり何でもするからさ、この子の粥代を稼がせておくれよ」

縋りつくような言葉に胸を衝かれ、ついに足を止めた。

暗がりに提灯をかざしてみると、女はそこに莚を敷いて座っていて、腕に赤子を抱いているのだった。

「子がいるのか」

そちらに提灯を向けると、灯りの中で女はにっと笑った。その白い顔は、卑しい言葉使いに反して品がよく、想像よりはるかに美しく整っていて、人形のような派手な振り袖を着ていた。

そうか、子連れだったのか。そう思うと、ふと哀れを覚えた。

男にじっと見られて、女はいそいそと髪をなでたり襟もとを合わせたりしている。子どもの粥代ぐらい付き合ってやるか、と人助けの気分だったが、そこそこそそられてもいたのだ。

とはいえそう手のこんだことを望む気もなく、その場に屈み、横たわったままの相手とそそくさとコトを終えた。言われた額より倍の金を渡してやり、立ち去る前に、何げなく女の横に寝ている赤ん坊の顔を覗いた。

とたんにぞっとしてのけぞった。剛毅な男だったが、むやみに鳥肌がたち、提灯も投げ捨てて逃げ出した。

女のそばに横たわっていたのは、一体の地蔵だったのだ。

5

お瑛は座ったまま、薄暗くなった表を眺めてぼんやりしている。

雨は上がり、仙蔵を初め雨宿りの客はみな帰ってしまい、店はがらんとしていた。

だがお瑛だけはまだ、あの語られた物語の世界を彷徨《さまよ》っている。

うら若い夜鷹が近くの十六夜橋の辺りに出没し、実際にその女と遊んだ男もいたという。やがて夜鷹は我が子を失って狂い、ある年の夜ふけ堀に浮かんだ。こんな身近な所で、そんなことがあったなんて衝撃だった。

自分はその怪談めいた話の一部に立ち会っていながら、そんなことはつゆ知らぬまま、日常の瑣末事にかまけ笑ったり泣いたりしていたのである。

自分が、何だかひどく無邪気で愚かしく思えた。自分だって若くして子を持ち、男にも親にも見捨てられたら、身体を売り春をひさいで生きるしかなかったかもしれない。

それにしても、とお瑛は思う。十六夜橋の袂で子連れ女郎に付き合ったお侍って、もしかしたら話し手のあの〝定九郎〟侍ではなかったか。そんな想像もぼんやりながら浮かんでくる。

「ところで、市さん、あの若い娘さんだけど」

ふと思い出して、お瑛は言った。

「どこのお嬢さんか知らないけど、どこかで見たことあるような気がしない？　うちのお客さんだったかしらね」

すると市兵衛が怪訝そうな顔をした。

「若い娘さんて……？」

「ほら、お人形みたいな振り袖を着た別嬪さん」

「人形みたいな？　そんな人いましたっけ」

「え？」

お瑛はぐっと胸が詰まり、思わず店内を見回した。

「そこにいたじゃないの、ほら、その隅の方に」

指をさして言った。

「また仕事ばかりしてて、何も見てなかったのね」

「ちゃんと見てましたよ。そんな美人がいたら気がつくはずですが……」

話には加わらなかったが、確かに市兵衛は手を動かしながら聞いていた。

「その方、いつ帰りました?」

そういえば、いつ出て行ったのだろう。言われてみれば、いつ入って来ていつ出て行ったか何も記憶にない。皆が立ち上がり、挨拶を交わしながら出て行く中に紛れてしまったようだ。

あの娘を前にも見た覚えがあると思う以上、店に来た可能性がある。だがあれだけの美人が一度でも店に来たら、もっと強烈に覚えているはずだった。だがどこで会ったかまるで思い出せない。

お瑛は黙って、市兵衛と顔を見合わせた。

この人が、少しおかしいのか。

それともあたしが変なのか。あの娘がいたと思ったのは、何かの影をそう錯覚したにすぎないのか。

何だか白昼夢を見ていたようで、お瑛は急に何もかもが心もとなくなった。いなかったのはあの美女だけではないかもしれない。あの老妓も、あのお侍も、本当にここにいたのだろうか。そんな気さえしてむやみと心細くなる。

市兵衛に問うのも恐ろしく、ただ呆然としてお瑛は沈黙した。

「……そろそろ店を閉めますかね」

そんな市兵衛の声が遠くに聞こえ、ずいぶん時間がたったような気がした。

「ああ、そうね、そうしておくれ。あたしはちょっと出てくるから」

お瑛は我に返って、そそくさと立ち上がる。

今日は雨のせいで、一歩も外に出ずに終わろうとしていた。これで三日もお地蔵様にお参りしていない日が続いている。ちょっとご挨拶してこなくちゃ、と急に気がせいたのである。

四の話　狸御殿

1

十六夜橋の袂に立って、お瑛は赤い蛇の目傘を畳んだ。

店を出た時は音をたてて降っていた雨も、今は上がり、東の空が少し明るくなっている。

濡れた草を踏んで、道祖神の前にしゃがもうとしたとたん、キャッとわれながら驚くような悲鳴を上げて飛びのいた。するすると黒い長い蛇がしなやかにうねり滑って、草むらに消えていったのである。

お瑛は着物の裾をからげ橋の近くまで走り出た。

山里ならいざしらず、こんな土蔵と堀に囲まれた都会の一体どこに生息しているのだろう。毎年夏の頃には何度かお目にかかるのだ。

蛇は何より嫌いだった。見ただけで足が竦んで、もうお参りする気にもなれない。

どうしようかとその場に佇んでいると、珍しく橋を渡ってくる人がいた。ほんの一瞬、お瑛は今のあられもない姿を見られたのではないかと、頬が赤くなるような気がした。

「どうしなすった?」

どうやら見てはいなかったらしく、男は不審げに足を止めた。よほどお瑛が青ざめて、異常な様子だったのだろう。

かれの鬢には白いものが混じり、六十前後に見える。だが小柄で細身の身体はしゃきっとして隙がなく、日焼けした平たい顔の中で笑っているような細い目も、どことなく鋭かった。

「蛇が……」

道祖神の辺りを指さして襟元をかき合わせる。

「蛇、どんな蛇で?」

「黒っぽくて、長かったです」

「ふむ、毒蛇じゃないな。ま、青大将でしょう」

かれは足元から小石を拾うと、狙いを定めて放った。それはお瑛が指差した場所に、ビシリと命中した。その確かな腕前に、何かしらお瑛ははっとするものを感じた。

「怖がることはない、向こうも臆病だからね」

男は笑ってそのまま行きかけたが、思いついたように傘の先を進行方向に向けて言った。

「日本橋通りはこの先でしたな」

「ええ、この先です」

お瑛は橋を背にして、指をさして道を教えた。かれは会釈して礼を言い、すたすたと歩み去った。

湿った空気の中に、山梔子《くちなし》の甘い匂いが漂っている。

ああ、この匂い――。

お瑛はふと、つい最近見たばかりの見事な山梔子の花を胸に甦らせていた。

まあ、何ていい匂い……。道ばたで思わず足を止めたのは、昨日の午後のことである。近くの町年寄りの屋敷で月例の寄り合いがあり、その帰りだった。

駿河通りを戻りかけて、今まで通ったことのない横町の風情に引かれ、足を踏み入れてみた。路地に続く塀に沿って行くと、甘い香りが漂っている。

鬱蒼と木々の茂った庭の土塀の破れ目から、ひとむらの純白の山梔子の花がこぼれ出ているのだった。

ああ、もう山梔子の季節なんだわと思い、しばしその香りに酔って佇んでいると、蜻蛉屋さーん、と背後から呼ぶ声が追いかけてきた。振り返らずとも、そのきんきんした声は、近所の蠟燭問屋のおかみ伊代《いよ》の声だと分かる。

先ほど屋敷を出る時、誰かと話している伊代の声を聞き、待たずに先に出てきてしまった。顔を合わせれば、気が遠くなるような長い挨拶があるからだ。暑いの寒いの、朝晩は涼しいの、皆様はお元気で、お商売はいかがで、何が何して……。

「あら、すみません。どなたかとお話なさっていたから、先に出ましたの」

お瑛は微笑して会釈した。

「いえ、ご一緒しようと思ってたら、出がけに信濃屋さんに摑まっちゃって。あのおじいちゃん、話の長い方だから」

伊代は息をはずませている。色白で小顔の美人だが、目や口が細いせいか、ほんの少し狐に似ていた。

「いい匂いがすると思ったら、こんな所に、こんな古いお屋敷があったんですねえ。近くにいながら、ちっとも気がつかなくて」

中を覗くと、木々の向こうにどっしりした瓦屋根が見えた。庭は雑草がおい茂ってかなり荒れている。

「ああ、ここは宗匠屋敷って呼ばれてるのよ」

「宗匠屋敷って、お茶の？」

「そう、お茶のお師匠さんが以前、ここに住んでいなさったの。三年前に、その方が亡くなってね。ご家族はつい最近、京に引っ越したんですすって」

「まあ、そうでしたか」

そういえば、由緒ある茶道の家が界隈にあると聞いたことがある。

三代将軍家光の頃に京から招かれ、ここに屋敷を構えたという。まだ茶道が武士のたしなみとされていた時代で、茶会は大店の旦那衆の寄り合いの場でもあったから、門下には名だたる人々が馳せ参じていたらしい。

近隣の地所も借り上げて屋敷は建て増しされ、広い庭で開かれるお茶会には、参勤交代で江戸滞在中の大名諸侯も、おしのびで参加したと噂される。

しかし時代が下るにつれ、茶道はあまり流行らなくなった。いつの頃からか、大名との関わりもなくなったようだ。今の宗匠は特に地味な人だったらしく、ほとんど噂を聞くこともなかった。

そうか、その人の家だったのか。

「でも最近引っ越したにしては、ずいぶん荒れてるのねえ。何だか狐か狸が住んでいるみたい」

「そう、町の人は狸御殿と呼んでいたのよ。このお師匠さんには、お弟子が何人もいたみたい。大店の主人とか、行儀見習いの娘さんとか。でも亡くなった時は、借金取りが大勢詰めかけたんだって。人は見かけによらないものよねえ……」

残されたのは五十代半ばの妻と、四十に近い病がちの未婚の娘だ。

二人はだだっ広い屋敷を崩れるにまかせ、その一部だけを使って暮らしていたのだが、すでにその頃から、狸御殿と言われていたという。

「狸御殿、なるほどねえ。でもこれじゃ買い手がつくのかしら」

「そりゃ、あなた、土一升金一升の天下の日本橋ですもの。ちゃんと買う人が現れたのよ。誰だかご存知?」

お瑛は苦笑して首を横に振った。知るわけないでしょ、あんたと違って、それほどネタ元を摑んでいないもの。

伊代がいささか得意げに語った話によると――。

この宗匠の未亡人は京の人なので、江戸には頼れる親戚がいない。ご先祖が建てたこの家は売り払い、京に帰りたいと、庭も屋敷も荒れるにまかせ、内々に買い手を探していたのである。

ところがだだっ広くて、茶室が幾つもあるため、町人には使いにくいことこの上ない。敷地が広く、日本橋という場所柄、地代がとびきり高いので、なかなか買い手がつかなかった。

「ところが世の中、広いのね。ここだけの話、買ったのはあの淡路屋さんだって」

「えっ、あの淡路屋さんが!」

お瑛は声を上げた。ただの船宿である淡路屋が、何故あんな家を。それにも驚いたが、伊代の地獄耳にもびっくりだった。

「よくご存知なのね」

「ふふ、だってあたし、お師匠さんの古いお弟子ですもの。亡くなってからも、お見舞いかたがた蠟燭を届けに行っていたの。でも淡路屋さんのことは、まだ誰にも言わないでね」

淡路屋とは、日本橋川の河岸の外れに建つ、小さい船宿である。

淡路から渡って来たという辰造《たつぞう》なる男が、十年ほど前に始めたもので、この町ではそこそこ名が通っていた。

いくら小さいにせよ、船宿を営むにはそれなりの鑑札が必要で、よそ者にはなかなか許されない。よそ者の辰造がそれを許された裏には、この町の者なら誰もが知っている伝説めいた話があった。

十年前の夏の昼下がりに、話は遡る。

若い母親が助けを求めて半狂乱で表通りに飛び出してきた。裏店の井戸に六歳になる我が子が落ちたと。真夏の渇水で井戸の水位が低く、物干竿を差し伸べても、縄紐を垂らしても届かない。

長屋に男手はなく、誰かが火消しを呼びに走ったが、間に合いそうになかった。誰か助けて、あの子を救って！

母親の絶叫が響き渡った時、どこからともなく駆けつけてきた男がいた。男は大柄な身体を井戸に乗り出し、集まっていたおかみさんたちが手にしていた数本の物干竿を、壁に立てかけるようにしてどんどん下に落とし、子どものための足場を作った。続いて、皆が持ち出してきた縄を手早く縒り合わせ、縄梯子を作り、自ら下まで降りていったのだ。

男児を無事に救い出した男は、町で大評判になった。淡路から出て来た宿無しと聞き、一宿一飯を申し出る人が後を絶たなかった。

人付き合いが苦手らしく、どの申し出も断ったが、引き止められて寺にしばらく滞在した。その間毎日のように舟を借り、櫓を漕いで海に出て行った。

もともと漁師だったから、戻ってくる時は、魚籠《びく》に溢れんばかりの釣果があった。それをせっせとさばいては、皆にふるまうのだが、その包丁さばきがまた、本物の板前はだしだと評判になったのである。

とうとう辰造は、寺の住職のはからいで、河岸に古くからあって休業中の船宿を、鑑札ともども譲り受けることになったのだった。

町の人は、舟釣りといい花火見物といっては、淡路屋の舟を仕立てて行く。初めは船頭ひとりのこの船宿も、今では奉公人を三人抱えるほどになった。そのうち一人はまだ丁稚小僧だが、二人は、もう一人前の船頭に仕上がっている。

未だに辰造は独り身だったが、人の面倒はよくみた。この二人の船頭も、賭場に入り浸って借金まみれになり、死場所を探して岸をうろついていたところを助けられた若衆という。

たぶん宗匠の未亡人も、そんな辰造を見込んで話を持ちかけたのだろう。

「あの方のことだから、断りきれなかったんでしょう」

伊代が言った。

「でもそんな使い勝手の悪い家を、どう使う気でしょう」

「ゆくゆくは、町に恩返しするため、家を壊して火除け地にするとか、言ってるそうよ」

「へえ」

「とはいっても、このご時世ですものねえ……」

二人は頷き合って、途中で別れた。

驚くような話だった。

先ほどの寄り合いでも、皆が音《ね》をあげていたのは、水野様の御改革が始まってからのひどい不景気だった。倹約令を断行しているから、どこの店でも値の張る品物が動かないのだ。

こんな不況の中で、淡路屋はよく、そんな狸御殿を買ったもの……。ひとり帰る道すがら、お瑛はそう考えていたが、ふと頭の中で閃くものがあった。

あの家を二、三日借り切れないものかしら。場所さえあったら、だぶついている陶器を並べて即売してみたいのだ。

前にも一度、引っ越し直後という空き家を借り受け、大々的に草木染めの即売会を開いたことがある。まだ倹約令が出ていない頃で、それが評判を呼んで、客層が大いに広がったのだ。

それを陶器でやってみたらどうかしら。

江戸、それも日本橋への進出を夢見て、自ら茶陶を背負ってくる陶物師はいくらもいた。普通の瀬戸物店ではなかなか置いてもらえない、個性ある陶器ばかりだ。引き受けたもののまだ蔵に眠っているそれらを、一堂に並べて陽の目を見させてやりたい。

実を言うと、今日は十六夜橋まで先に来てしまったが、そのことで淡路屋に行くつもりで出てきたのである。口実は、夏祭りの寄付のお願いだが、その後にさっそく話してみようと思う。

気を取り直して、お瑛はお参りを済ませ、淡路屋に向かって歩き出した。

2

「えっ、あのあばら家を使いなさると……」

辰造は意外そうに言い、じっとお瑛の顔を見た。先ほど蛇を見たせいか、お瑛の白い顔は汗ばんでまだ上気していた。

まずは寄付の話をしてから、あの家のことを切り出した。するとひどく驚いたような表情で、睨みつけられたのだ。

あのお化け屋敷を、陶器の即売会に利用しようという奇抜な考えに、まず驚いたのだろう。

次に、もう知られてしまったのか、と情報の早さに驚いたようでもある。この町の情報の早さには、淡路屋に限らず、お瑛も舌を巻くことがあるのだった。

「ふーむ、それはまた奇特なことで」

言ったきり、辰造は腕を組んで沈黙した。

お瑛はすでに、番頭にも猛反対を受けている。

「えっ、あの狸御殿を借りるんですか？」

市兵衛は頓狂な声を上げたのだ。

「そりゃ無理ですよ、おかみさん」

「何が無理なの。あの屋敷ほどぴったりな所はないわ」

お瑛の知る限りでは、千利休《せんのりきゅう》の開いた桃山期の茶道は〝藁屋に名馬を繋ぐ〟ような侘びの趣向を尊ぶものという。侘茶とは、簡素な草庵の茶の中に、独特の深い美を見いだしていく心だ。

常識的なことよりも型破り、絢爛豪華よりも簡素、完成より未完成、均衡より不均衡……。そんなどこかひねくれた古えの茶道を、お瑛は面白く感じている。

あの屋敷が荒れていればいるほど、かえって野趣があって面白いのだ。茶室が幾つもあるのも、茶器や茶道具を並べて即売するにはうってつけだった。

友人に江戸千家の門人が二人いる。この二人に頼んで茶会を開いて、お点前を披露してもらっては如何《いかが》だろう。

お瑛はこの思いつきにすっかり夢中になった。

荒れた畳に緋毛氈を敷いて器を並べ……、荒れた庭の一部を竹垣で区切り朝顔の蔓を絡ませ……と、次々に案が湧くのである。

「狸御殿でお茶会……、面白いんじゃない？」

「まず岡っ引きが黙っちゃいませんよ。今どき、茶器を売ったり、お薄でお客をもてなすなど、贅沢追放令に違反しやしませんか」

今たぶん、目の前の辰造もそう考えているのだろう。

お瑛は涼しい顔でただ笑っていた。笑うと、目元に愛嬌が浮かぶのは得なことだった。ちっとも贅沢なんかじゃない、とお瑛は思っている。うちだって蔵に眠ってる陶器を売らないと、首がまわらなくなるんだから……。

思いついたように辰造は立ち上がり、自らお茶を入れてくれた。

滅多に表通りに出て来ないので、そうしばしば見かけることがないが、こうして近くで見ると、大柄な男だと改めて思った。

畳をのしのし歩くと空気が動くようだ。右足を少し引きずるように歩く癖も、初めて知ったことである。

今も船頭を続けているからがっしりしていて、まっ黒に日焼けした顔には、活力感が溢れている。ぶ厚い唇はいかにも寡黙そうに閉じられ、顎はしゃくれていた。

だがごつごつした荒削りな顔の中で、目だけは穏やかさを湛えている。総じて無骨だが、もの静かで、こうして向かい合っていると、さながら荒波を避ける入り江にいるような気がするのだった。

年は四十五、六だろうか。鬢に幾筋かの白いものが見えなければ、もっと若く見える。

「そうですか」

辰造はやっと口を開いた。

「して、それはいつのこって？」

「勝手を言わせて頂ければ、準備に二ヶ月くらいほしいです。皆にお広めする期間が必要ですから」

「う一ん、二ヶ月先ねえ……」

辰造は呟き込み、首を傾げた。

「そりゃ、しかし、ちょいと難しいかな。そう長くも空けておけんのですよ。あんな狸の出そうな屋敷を、町の中に放置しておいちゃ不用心だと……。いかがですかね、おかみさん、ぎりぎり来月では。それだったら、ただでお貸ししても構わんですよ」

「まあ、有り難うございます」

有り難い話だった。なるほど〝仏の辰造〟だな、とお瑛は思う。まずは話が早いし、損得を目先の銭勘定だけで測らない。

ではぎりぎり来月……ということで話は決まった。

である。


「ああ、そうそう、見取り図を持っていきなせえ」

帰りがけ、辰造は一枚の紙を渡してくれた。

お瑛が立ち上がって、部屋を出ようとした時だ。

かれは発作に見舞われたように、突然、身体を二つに折って激しく咳き込んだので
「どうなされました、大丈夫ですか」

驚いて、お瑛は思わずその背中をさすってやる。

お豊の介護で馴れていたから、やかんに残った湯冷ましを茶碗にとり、お豊を抱き
抱える要領で、辰造を仰向かせた。何とか呑ませると、発作はようやく落ち着いた。

「どうも、まったく……見苦しいところをお見せしちまって」

「いいえ、母で馴れておりますから。それよりどこかお具合が悪いのでは？」

「いや、なに、癪《しゃく》持ちというやつでして」

恐縮したように辰造は、大柄な身体を縮めた。

「若い時分から時々こうなるんですわ」

どうぞお大事に、と言って淡路屋を辞した時は、曇り空は明るんで、薄陽がさして

いた。

八つ（午後三時）過ぎには店に帰り、お豊に水薬を呑ませた。

その骨と皮ばかりの軽い身体を抱えていると、辰造のあのごつごつした身体の感触が蘇ってくる。頑丈そうに見えたが、意外に筋肉は薄く、骨ばっていた。何かの病が進んでいなければいいが、と案じられた。

再び店に出て行き、市兵衛と一緒にあの屋敷の見取り図を覗き込んで、あれこれ話している最中だった。

誰かが店を覗いている気配に顔を上げると、岡っ引きの岩蔵である。お瑛は見取り図を手早く巻き込んだ。

「ちょいといいですかい」

岩蔵が言った。

「どうぞどうぞ。お役目ご苦労さまです」

「いや、今日はあっしの用じゃござんせんよ。こちらの旦那が、人を探していなさるんで」

岩蔵に続いて入ってきた人物を見て、はっとした。

昼に十六夜橋の袂で出会った、あの小柄な老人ではないか。あの人がなぜ……。

向こうも気づいたらしく、笑いながら歩み寄ってきた。

「やあ、先ほどは」

「おや、こちらのおかみさんをご存知で？」

すかさず岩蔵が目を光らせる。

「いえ、先ほど掘割の辺りで、道を教えてもらったんで」

「ええ、蛇を見て、竦《すく》んでいたところに通りかかられて……」

お瑛は苦笑した。

「で、どなたをお探しで？」

このような男が、いったい誰を、どんな用で探しているのだろう。そう思うと、ほんの少し警戒心が湧いてくる。

「ちょいと探してる者がいるんですが、この日本橋通りで見かけたという情報が入ったんでね」

男は愛想笑いを浮かべ、少しずらして答える。

「どこぞの店に潜り込んでるかもしれんと、一軒ずつ訊いて回ってるところでして」

すると岩蔵が引き取った。

「ああ、こちら葛飾から来なすった、元目明かしの富五郎《とみごろう》親分で。スッポンの富と異名をとるこの富五郎さんに食いつかれちゃ、逃げ切れるやつはまずいねえ。よろしく、目をかけてやっておくんなさい」

「元目明かしさん？」

お瑛が元を強調して言うと、富五郎は頷いた。

「隠居のくせしてお節介とお思いでしょうがね、ちょいと昔の関わりがございまして。相手の名前は新吉《しんきち》、年は四十五。昔、相撲取りだったから、今も六尺近い大男でしょうな」

お瑛は笑みが引っ込むのを感じた。

辰造にそっくりではないか。同伴する岩蔵の方は、たぶん縄張りも違うし、ほとんど町には出てこない辰造など、思い出しもしないのだろう。

だがお瑛は先ほど会ったばかりだった。まだその顔や、足をひきずるしぐさがありありと瞼に焼き付いている。両腕に抱えた時の感触も残っているのだ。

「新吉……さあて、聞いたことある？」

振り返って、市兵衛とお民を見る。この辺りに奉公してる人じゃないですね、と横から何も知らないお民が口を出した。

「その人、何をしたんですか？」

「いや、まあ、いろいろありましてな」

富五郎が少し口ごもると、岩蔵が出しゃばって言った。

「人を殺《あや》めたとんでもねえ凶状持ちですわ。ま、心当たりがあったら、すぐに自身番に届けておくんなせえよ」

客が立て続けに入ってきたので、二人はその言葉を最後に出て行った。

お瑛はいま聞かされた言葉を、胸で反芻した。隠居した目明かしを動かすほどの何を、新吉という男はしたのだろう。

しかし考えてみると、辰造は、本当に新吉だろうか。淡路の出であり、葛飾にいたことがあるとも思えない。力士なんかではなく、元漁師ではないか。それにもう十年近く、あの河岸で穏やかに船宿を営んでいるのだ。〝仏の辰造〟が凶状持ちとは、どこを取ってもつながりそうもなかった。

そういう結論に達し、ひとまず安心する。

だが、すぐにまた不安がせり出してくる。

年の頃といい、六尺近い背丈といい、富五郎の示す人相風体はあまりに似ていた。

そのすべてが、辰造という男を炙《あぶ》り出すようだ。元力士が漁師になったとしても、矛盾はしないだろう。

このまま放っておいていいのだろうか。このことを辰造の耳に入れた方が良くはないか。

もし辰造がそのお尋ね者だとしたらどうする。おめおめ富五郎の手に落ちるのを見過ごせるだろうか。

安閑としている場合ではない。あの敏捷ではしこい岩蔵と、十手返上した後も追いかける執念深い富五郎のこと、この通りを南から北へ嗅ぎ回るうち、たちまち辰造の名を炙り出すに違いない。

暮れ六つの鐘が聞こえた時、とうとう外出用の下駄に、形のいい白い素足を入れた。

「市さん、あたし、ちょっと出てくるから、店を閉めてちょうだい」

3

日本橋川は、暮れかけていた。

流れる川は夕闇を吸って黒ずんでいるが、西空にはまだ夕照が残り、遥か彼方の富士山を黒く浮き上がらせている。

その河岸を西に入った先に淡路屋はあって、垣に巻きついた夕顔が、無数の白い花を咲かせていた。

橙色の軒行灯がぼうっと夕闇ににじみ、明かりの灯った二階の窓から、賑やかな人声がこぼれていた。今日も泊まり客で賑わっているのだろう。

お瑛は暖簾を分けて玄関に入り、すぐに出てきた若い衆に名を告げて、主人を呼んでもらった。

調理で忙しい時間だから、しばらく待たされた。やがて前垂れで濡れた手を拭きながら、のそりと現れた。

「や、どうも、お待たせしまして」

「いえ、お忙しいところ相済みません。ちょっとお聞きしたいことがありまして。いきなりですけど淡路屋さん、葛飾の富五郎っていう目明かしさん、ご存知ですか？」

お瑛は辺りに誰もいないのを見て、声を潜めた。

「葛飾の富五郎……？」

辰造は怪訝そうに、何か思い出そうとするように目を遠くに向け、幼い頃の記憶まで一巡してくるように見えた。

「さーて、葛飾に住んだことはないし、知り合いもおらんのですがね。そのお方がどうかしなすったので？」

「捜しているのですよ、新吉とかいう男の人を」

「はあ、なるほど。その人相がこの淡路屋辰造に似ておるというわけで」

辰造は笑いながら、頷いた。

「ご安心下さい。人違いですわ」

「まあ、良かった」

相手の悠揚迫らぬ反応に安堵し、お瑛は晴れやかな笑みを浮かべた。自分の取り越し苦労を、今は笑うことができた。

「その人、先ほど岩蔵親分と店に見えましてねえ。あれこれ聞かれたんで、何だか気になっちゃって。ああ、余計なことを言って失礼しました」

「いやあ、気にかけてもらって、有り難いことです」

「ああ、そうそう。あの家をお掃除させて頂きたいんで、鍵をお借りできますか」

「鍵は、玄関のすぐ前の石灯籠の中にあるはずです。蜻蛉屋のお瑛さん……といいなすったっけ」

辰造は少し咳き込んで、優しい目になった。

「あそこにはいつでも自由に入って下さいよ。家具や、茶碗がそのまま残ってるから、好きなように使ってくれて構わんです」

「おかみさん、おかみさん、大変ですよう」

魚河岸まで魚を買いに行って、なかなか戻らなかったお民が、大慌てで駆け込んできた。

翌日の五つ半（午前九時）をまわる頃である。

「喧嘩ですう、淡路屋さんで、喧嘩ですって」

「落ち着きなさい、淡路屋さんがどうしたのよ」

店を開いてまだ四半刻（三十分）しかたっていない。

「あそこの旦那にお縄がかかって……」

「な、何ですって」

お瑛は立ち上がっていた。昨日見た黒い蛇が、チロリと頭の隅をよぎったような気がした。

連中はやっぱりあそこを嗅ぎつけたのか。そんな考えにどっと襲われ、我にもあらず混乱した。何かの間違いに違いない。辰造が新吉であるはずはないのだ。

「ほれ、昨日のあの葛飾から来た親分さんですよ、小柄で蛇みたいな感じの富五郎とかいう……」

「あの人が淡路屋に乗り込んだのね、岩蔵親分も一緒？」

「いえ、よく知りません。見たわけじゃないから。ただ魚河岸にいた人たちが騒いでました、口々に……」

「分かったわ」

急いで身支度を整えると、下駄を出して素足を入れた。

「市さん、ちょっとお店を頼むわね」

言いおくや、裾をからげて店の外に駆け出していた。

市兵衛の呆れたような顔が目に焼き付いた。店をほったらかして、何という野次馬、と言いたげだったのは明らかだ。

だがこのまま放っておくわけにいかない思いに駆られた。何かの些細な誤解が、大きな間違いを生んでいる。この捕り物は間違いだと言わなければならない。

お瑛は走った。

カラコロと日和下駄の音をたてて、人混みをかき分けて南に走った。あの小柄な富五郎に取り押さえられる、大柄な辰造の姿がしきりに目に浮かんだ。

捕まってもあの人なら恐れげもなく、悠々と自身番まで行きそうだ。だがそれからでは遅い気がする。

淡路屋の前は黒山の人だかりだった。

ああ、間にあった。安堵し、お瑛は人垣をかき分けるようにして前に進み出る。だが輪の中の光景を見て、あっと目を疑った。

お瑛の想像とは全く違っていたのだ。

そこで打ち据えられているのは辰造ではない。いなせな若い衆に腕をねじ上げられ、周りから足で蹴られ、小突かれ、竹の棒で打ち据えられているのは、あの富五郎親分なのだった。

「オヤっつあんをしょっぴくなんざ、どこのすっとこどっこいだ」

と若い衆は叫んでいる。

「舐めやがって、このタコじじい、とっとと失せろい」

「ここをどこと思ってんでい、べらぼうめ、日本橋のド真ん中だい。手前のようなドン百姓の出る幕じゃねえや」

「葛飾で何があろうと、わしらにゃ関係ねえんだ、おとつい来やがれ！」

言いたい放題のわめき声があちこちから飛び交い、石礫《いしつぶて》まで飛んでくる有様だ。

辰造はどうしたのかと近くの男に訊いてみると、どうやら、家にいるらしい。何人かから話を聞き回ったところでは、こういういきさつらしかった。

二人の岡っ引きが淡路屋に現れたのは、半刻（一時間）ほど前だったという。若い衆は釣り場に舟を出しており、宿には辰造の他には、雑用をこなす小僧が一人いたきりだ。

訪ねてきたのは葛飾から来た元目明かしで、小柄で隙のない男だった。どんないきさつがあったか知らないが、元目明かしは宿の主人と何やら激しい口論をしたあげく、お縄を突きつけたらしい。

そこへ、客を乗せて海上に出ていた釣り船が戻ってきたのである。

思いがけない光景を目にして、若い船頭は激高し、元目明かしに殴りかかった。それを止めようとした辰造は、急に激しい咳の発作に襲われ倒れこんだのだという。

辰造は奥に運ばれたが、残った数人の釣り客が元目明かしを取り囲んだ。あいにく今日の客は若い衆ばかりだった。

その中には、幼いころに井戸から救い上げられて命拾いし、辰造を父と慕う若者がいた。今は鳶の衆として普請に加わり、夜は火消し防犯組の若衆を務めている。

他はその仲間の鳶で、喧嘩が飯より好きな江戸っ子ばかり。誰もが辰造をオヤジさんと慕っている。

鳶がこうして朝釣りに出るのは、贅沢追放が断行されている昨今、めっきり普請の仕事が減っているためだ。格安の船賃でいい釣り場に案内するから、釣果は必ずある。それを知り合いの魚屋や料理店に流せば、そこそこ小遣いにはなる。

辰造を召し捕ろうとしたのが葛飾の元目明かしと知って、かれらはいきりたった。地元の自身番ならいざ知らず、他の町の岡っ引きに、とやかく口出しされるいわれはない。

魚河岸まで助っ人を頼みに走った者がいた。オヤっつあんが一大事と聞いて、ねじり鉢巻きの生きのいい若衆が、さらに十人以上駆けつけてきた。

たちまち富五郎は袋だたきで、半死半生だった。

案内してきた岩蔵は、初めのうちにやにやして見ていたが、悶着が始まったとたん、姿をくらましてしまったという。

わあわあと騒ぎはいっこうに収まらない。

お瑛は恐ろしかった。富五郎は殺される。夏祭りの時など、喧嘩になると、かれらは血を見るまでとことん止めない。流血騒ぎになり、死者が出たこともあった。

「……やめなせえ！」

突然、大音響が響き渡ったのは、富五郎が口から血反吐《ちへど》を吐いた時だ。驚いて皆は声の方へ目を向けた。

いつ出て来たか、あの辰造が人ごみからヌッと姿を現したのである。図体がでかいから声もでかい。富五郎を庇《かば》って、威圧するように仁王立ちに立ちはだかった姿は、雄牛のようだった。

「いい若え衆が、老体ひとりを囲んで殴る蹴るとは。江戸っ子のやるこっちゃねえぞ」

雄牛が吠えた。

「こちらは葛飾の元目明かしの親分さんで、人を捜してここまで来なすった。ちゃんとお帰しせんことにゃ、日本橋の名がすたろうが」

「オヤっつあんに手え出さなけりゃ、いつでも帰《け》えすぜ」

しんと静まった中から、すかさずそんな声が飛んだ。

「いや、このお方はそんな無体なこたアしなさらねえ。お人違いだったんだからな」

言って辰造は皆に背を向け、後も見ずに引き上げた。ざわざわと私語が飛び交い、倒れている富五郎に誰かが叫んだ。

「やい、くそじじい、今度来やがったら、バラバラのこませにして魚の餌にしてくれるぞ」

「こんなしょったれた出がらしなんざ、雑魚《ざこ》も寄り付かねえや」

笑い声を合図のように人垣はたちまち崩れ、引き際よく皆は引き上げていく。

富五郎は……と見ると、裏店のおかみさんらしい老女が、世話を焼いている。それを見届けて、お瑛は引き上げることにした。

4

深川っ子の市兵衛が、江戸で最も長い橋である永代橋を渡り、久しぶりに深川の土を踏んだのは、それから三日後のことだった。

竹細工職人の父親が、冬木町に住んでいる。笊《ざる》、籠、味噌漉しなどを作って、自分で担いで行商もしていたが、腰を痛めて重い荷を持てなくなってからは作るばかりだ。

市兵衛は今、日本橋通りの裏店に住み、藪入りにもろくに帰らない。母親を亡くし、父親ひとりの家には何となく気が弾まないのだ。

だが今日は、門前仲町の蛤町まで反物を届ける用がある。

天気もいいから、ついでに冬木町まで足を伸ばし父親に会ってきたら、とお瑛が計らい、みやげ物まで持たせてくれていた。

所用を済ませ、掘割沿いに蓬萊《ほうらい》橋の方へと歩き出してみると、自然に足が速まった。せっかくだからまず富岡八幡宮にお参りしようと思う。境内の横から出て、三十三間堂の裏を抜ければ、冬木町はすぐである。

日頃の親不孝が悔やまれ、父に会ったら、ああも言おう、こうも言おうと、胸のなかであれこれ問答を考えた。おとうは幾つになったろう、自分が二十七だから、もう五十を過ぎたか……。

考えながら蓬萊橋まで来て八幡様の方へ曲がろうとした時、おやと足が止まった。橋を急ぎ足で渡って来る男がいた。

大柄な男で、手拭いで頬かむりしており、右足を少し引きずっている。あの人だと思ったとたん市兵衛は反射的に俯いて顔を隠した。もちろん向こうは知らないだろうが、万一ということもある。

あれは辰造に間違いない。一度だけしか見たことはないのだが、あの図体は間違えようもない。

あの御仁にこんな所で会うとは。お瑛が何かと話題にしていたのを思い出し、好奇心が騒ぎ出す。何か新しい情報を仕入れたら、おかみさんがさぞ喜ぶに違いない。

市兵衛は、実家など、もうどうでもよくなってしまった。辰造をそれとなくやり過ごすと、背後からそろそろと後をつけ始めた。

このところ辰造の周囲には、どうも不思議なことばかりが続くではないか。あの〝仏の辰造〟のもとへ、葛飾から元目明かしが訪ねて来たり、さして金持ちとも見えぬ辰造が、茶室のある空き家を買ってみたり。

昨日もまた、妙なことがあった。

そろそろ空き家の整備にかからなくちゃね、と自ら曲尺《かねじゃく》と筆記用具を持って店を出て行ったお瑛が、半刻も立たないうちに戻ってきたのである。

「下調べはまたにするわ」

帰って来るなり、お瑛は座り込んでしまった。

玄関のそばの石灯籠に鍵はなかったという。どうしたのかと家を回り込んで行くと、南庭に面した縁側に、ぼんやり座っている辰造を見たのである。

無邪気に声をかければ良かったのだろう。だが何だか、見てはいけないところを見てしまったような気がして、声をかけられなかったという。

あの精悍な辰造が、ひどく具合悪そうにぐったりしており、何だか傷つき神通力を失った怪物のように見えた。曇り空を映してか、顔色は土気色で、何度も咳き込んだ。

こんな物思いに沈んでいる辰造を見るのは、初めてだ。あるいは普段から、そんな一面を隠してきたのだろうか。

それだけのことを帳場で市兵衛に話すと、お瑛はそれきり黙り込んでしまったのだ。物思いに沈んで、何もかも上の空のようで、取り付くしまもない。

市兵衛は怪しんだ。辰造に何か人には言えぬ秘められた過去があるのは、間違いないと踏んでいる。いくら隠居した目明かしでも、人違いの相手に縄をかけるほど、耄碌するとは思えない。

あの時、若い衆に囲まれなければ、富五郎は意気揚々と辰造を引き立てて、葛飾に凱旋したに違いなかった。

もしかしたら、お瑛もそう思っているのではないか。辰造に親愛感を抱いているらしいお瑛は、出来ればこのまますべてを、なかったことにしたいと考えている。市兵衛はそう推測していた。

あまりに憔悴した姿を若い衆に見せたくない辰造は、誰もいない空き家に避難したのかもしれない。

あれこれ想像を逞しくしていた矢先、その張本人が、思いもよらぬ所から、目の前に飛び込んで来たわけだった。

ここは後をつけなければお天道様に笑われる。深川は知らない町ではない。ここで生まれ育ち、子どもの頃は小遣い稼ぎにアサリ売りもした。軒下を伝って一軒ずつ覗き、買っとくれ買っとくれ、と呼ばわるのだ。

おかげで、細い横町ほどよく知っている。

辰造は表通りに出てから、明るく日差しの踊る眩しい道を、門前東町の方へと折れていく。この道を戻ると永代橋、まっすぐ進むと入船町、左に曲がると三十三間堂だ。この辺りは、子どもの頃に存分に駆け回った遊び場でもあった。

だが辰造はどちらにも行かず、ごみごみと町家の密集する一角に折れていく。貧しげな裏店の並ぶ路地を、馴れた様子ですたすた抜けた。その足取りがあまりに早いし、人を尾《つ》けるなど初めての市兵衛は、見つからないように追い続けるのは骨だった。木の陰に身を隠し、用水桶の後《うしろ》にしゃがみながら追ううち、狭い路地を二つほど抜けた時、その大きな姿はどこかに消えていた。

山梔子の茂みがある路地の入り口で、市兵衛は呆然と立ち往生した。この辺りは生家にそう遠くはないのに、その佇いはまるで見知らぬ町のようだった。

それにしても、辰造は妙な方角から現れたものだ。

蓬莱橋の向こうには、松平《まつだいら》様の広大なお屋敷の塀が続き、武家屋敷が幾つか並んでいたように記憶するが、その先には州崎神社があるくらいだ。

かれはあの州崎弁天にお参りに行った？

それもどうもしっくりしない。富五郎親分に追われている身であれば、わざわざ世間に身を晒してお参りなど、あり得ないこと。安泰でいられるのは、日本橋に沈潜していればこそだろう。

そんなことを考えていると、山梔子の香りに混じって潮の香がした。そういえば、ここは海が近い。春ともなれば、州崎海岸に皆でよく、潮干狩りに行ったものなのだ。深川のアサリは美味いと評判だった。

舟？

市兵衛はあっと思った。頭の中に稲妻が走った。

辰造は、舟で来たのではないか。州崎弁天の裏にはすぐ海が迫っている。あの辺りのどこかに舟をとめたのでは。

今日は天気が良く、風もなくて、海は凪《な》いでいる。舟で来れば早いし、ほとんど誰にも見られないですむ。そうか、これまでも誰にも見られずに動くことが出来たのは、舟を使っていたからだったのか、とひとり納得した。

「……じゃあ、冬木町には行かなかったわけ？」

黙って聞いていたお瑛は、涼やかな目を細めるようにして、呆れたように言った。

予定より遅く、閉店ぎりぎりに戻ってきた市兵衛は、息を弾ませておかみに報告したのである。それもこれも、お瑛を喜ばしたい一心だった。

「へい、寄るつもりだったのに、つい夢中になっちまって。帰り、永代橋を渡るまで、忘れていました。思い出した時は、もう橋の真ん中だったんで」

渡すはずだった土産を、その場に出した。

「しょうがない親不孝者ねえ」

お瑛は考え込むように言った。

一瞬、しくじったか、と市兵衛は亀の子のように首を竦める心地がした。余計なことをして、せっかくの志を無にしてしまったのだから。

「でもお手柄でした」

お瑛の美しい微笑を見て、市兵衛は黙って俯いた。内心は天にも昇る嬉しさだったが、感情はあまり顔に出さない。

かれは辰造が舟で深川まで渡って来たことを、ただ推測しただけではなかった。実証したのである。

姿を見失ってから、思いついて蓬萊橋の袂まで戻ってみた。もし舟で帰るなら、必ずまたここを通るはずだと考えた。橋の見える水茶屋で、辰造が現れるのを待った。思惑どおり辰造が現れたのは、一刻（二時間）ばかりしてからである。

そこから後を尾け、州崎神社近くの浜辺に伝馬舟を繋いでいたことを突きとめた。

「しかし、問題は、淡路屋の辰造さんがどこへ行ったかですからね。肝心なところで見失っちまって……」

「でも、淡路屋さん、よくそこまで行けたものだわ。あの方、大怪我をしてたでしょ？」

とてもそうは見えなかったというように、かれは肩を竦《すく》めた。

「ああ、そのことを話したいんだけど、今は時間がない。これから出かけなくちゃ」

この夜、お瑛は、近隣のおかみらの講があるという。月一回の親睦会で、義理をかくわけにはいかない。それにお店《たな》のおかみには熱狂的な芝居好きが多く、今かかっている芝居の評判や、役者の噂がはちきれんばかりに飛び交うのだ。一回飛ばすと、話題が遅れてしまう。

「ともかく、市さん、早く夕飯を食べておしまい」

お瑛は合わせ鏡を覗き込み、筆で唇に紅を塗りながら言った。

「帰りに〝井桁家《いげたや》〟で呑んでてくれない？」

いつも店を閉めてから、茶の間で、お初が用意した賄《まかな》い飯を食べる。主菜はたいてい焼魚か煮魚か刺身、副菜は季節野菜の煮もの、それに麦飯と香の物と、ワカメの味噌汁。すべて濃いめの味つけで、一日働きづくめの身体にはなかなか旨い。

お民も一緒に並んで食べるが、給仕はすべて自前だ。通いの市兵衛はそれから戸締まりをし、引き上げるのである。

「井桁屋ですね、ええ、承知しました」

「講は半刻ほどで終わるの。その後でお酒がちょっと出るんだけど、皆さんお強くてね。あたしはそれは失礼して、早めにそちらに駆けつけるから」

5

井桁家は肴《さかな》が安くて旨いと、地元では評判の居酒屋だった。日本橋通りの十軒店を東に入った新道にあり、板前をしている若旦那がお瑛の幼馴染みなのだった。

お瑛が顔を出したのは戌《いぬ》の刻（八時）過ぎ。井桁家は満席で、もう酔客がわいわいと盛り上がっていた。

「らっしゃい……」

調理台の向こうから威勢よく若旦那が迎える。お瑛と見ると、目で入れ込みの辺りを示した。

衝立てで仕切られた小部屋で、市兵衛が一人ひっそりと呑んでいた。たぶん気を利かせ、早めに来て席を確保したのだろう。

お瑛は酒の強い方ではないが、呑むのは嫌いではない。酒を冷やで注文してから、やおら話し始めた。

「先ほど話した続きなんだけど……」

あの空き家で、怪我をした淡路屋を見たという話である。

「じつはね、もっと大変なところを見ちゃったの」

辰造がいたのはじつは縁側ではないという。厨房の裏にある、井戸のそばだった。

辰造は片肌を脱いで、水を汲み上げては、腕の傷を洗っていたのである。

肘のあたりがざっくりと割れていた。どう見てもそれは刀傷で、肉がえぐれるほどの深手のようだった。洗っても洗っても、血が盛り上がっては溢れ出る。

側には、たぶん庭で摘んだばかりらしい薬草が置かれていた。傷口を手早く水で洗浄すると、腕の付け根を紐で縛って血を止め、傷口にその薬草を揉んで張り付け、布を当てて巻きつける。

そんな一連の止血法を、ごく当たり前のように鮮やかな手際ですますのを、お瑛はただ眺めた。本来なら駆け寄って、介護するべきところだが、お瑛は踏み留まった。こんな所で傷の始末をしているのは、人目を避けたいからだろう。

「でも、舟を漕いで深川まで行けたのなら、それほどの大ケガじゃなかったもしれないわね」

「それとも、深手を押しても行かなければならないほど、切羽詰まっていたか……」

市兵衛は、太陽の光の下で見た辰造の姿を思い浮かべた。着物の袖に隠されて、腕の包帯は見えなかった。ただ、いま思えば、ずっと腕を組んで、右腕で左腕を支えていたようだった。

「斬りつけられたとしたら、相手は誰ですかね」

「そりゃ、富五郎親分の一派に決まってるでしょう」

お瑛は言った。

「スッポンの富とか言わなかった？　あれだけ痛めつけられて、黙って引き下がる相手じゃない。復讐の鬼と化しているだろうけど、もうこの町には入れない。だから、手下を差し向けたんでしょう」

辰造は斬られながらも逃げ、あの狸御殿に逃げ込んだのかもしれなかった。

「はあ、なるほど……」

市兵衛は唸って、運ばれてきた酒をお瑛の盃に注いだ。

「しかし、それだけしつこく追いかけられるとは、淡路屋さん、一体何をしたんですかね」

「それなんだけど」

お瑛は乗り出して、ぐっと声を潜めた。

「あたし、偶然、見ちゃったのよ。井戸端で片肌を脱いでたでしょう。左だっけ、こちらに向いた二の腕に入れ墨が……」

「ええ？」

「この箸くらいの灰色の線が二筋、ほら、このように」

手にしていた黒い塗りの箸を、腕に当ててみせる。

市兵衛は息を呑んだ。その入れ墨はまぎれもなく前科者の徴《しるし》だった。しかしよく考えてみれば、入れ墨があるということは、刑に服した証拠である。禊《みそぎ》をしたのに逃げ回っているとすれば、辰造はその後にまた罪を犯したのか。

二人とも黙り込んで盃を少しずつ空けた。

そのうち、不意に市兵衛が目で合図した。ほら、ご覧なさい、面白い御仁がいる……。その目はそう告げている。

お瑛はそっと振り返った。

隅の席で、若い男と陰気に呑んでいるのは、あの岡っ引きの岩蔵ではないか。

〝辰造を売った人でなし〟

〝富五郎を見殺しにした意気地なし〟

お瑛も、世間の人もそう見ているのだが、本人は同業者に道を訊かれた以上、案内するのが当たり前、と開き直っているらしい。

お瑛と市兵衛は目を見合わせた。

あうんの呼吸とでもいうのだろうか。二人とも同じことを考えているのが分かった。

お瑛はすぐにお運びの若い衆を手招きし、若旦那に伝言を頼んだ。

伝言を伝え聞いた若旦那は、遠くからお瑛に頷いてみせる。

しばらくして岩蔵が帰りがけに、お瑛の席に挨拶にやってきた。色白な顔が気味悪いほど真っ赤になっている。

「おかみさん、ご馳走さんでござんした。甘えさせてもらっていいんですかい」

「まあ、親分さん、いつもお世話になってるんですもの、どうぞ遠慮なく。ただ、一つだけ教えて頂けたら有り難いんだけど」

にこにこしながら、さりげなく声を落とす。

「へい、あっしで分かることなら」

「淡路屋さんの前科は？」

「ああ……それね。あっしも、つい今しがた知ったんすよ」

岩蔵はニヤリと笑い、もう外に出てしまった相方をかえり見た。もともと酷薄そうな顔が、笑うといっそう悪相になる。何か気張ったことを言う時の癖で、チラと周囲を見回し、薄い唇を舌でなめ回す。

「富五郎親分も、何も教えてくれないんで、こっちも下っ引きに調べさせたんすよ。何だと思います」

おもむろに酒臭い顔を近づけて囁いた。

「シ、マ、ヌ、ケ」

「し……島抜け？」

「あの仏の辰造が、八丈島から二年で抜けたんだそうですぜ」

それだけ言うと、岩蔵は次の問いを封じるように背を向け、蜥蜴《とかげ》のようにその場を去っていった。

残った二人は、顔色を変えて目を見合わせた。

島抜けとは、また何としたことか。巷では時々、耳にするが、自分らには縁のないことと思って暮らしてきた。

そもそも島送りになるのは、死罪を免れた極悪人と相場が決まっている。それ以上に厳しい刑罰は斬首、火炙り、獄門、鋸挽きなどで、強盗殺人、親殺し、主人殺し、火付けなどへのお仕置きである。

追放令はその次で、遠島、追放、江戸十里四方追放など。犯した罪は盗み、賭博、密通などだ。

島送りはその遠島にあたり、流人船に乗せられ、たいていは伊豆七島のいずれかに送られる。最南端の八丈島に送られるのが最も厳しく、恩赦でもない限り、まず帰れなかった。

命がけで島抜けを試みる者がいないでもなかったが、ほとんど生還者はいないと言われる。島の周囲を流れる激しい黒潮を、小舟では乗り切ることは不可能だからだ。

辰造は漁師だったというから、潮の読みや、舟の扱いに長《た》けていたのかもしれない。

しかし仏の辰造が、島送りの仕置きを受けるとは、一体いかなる科《とが》を犯してのことだろう。島抜けの過去を隠して、十年近くも日本橋に潜んでいたというのか。

呆然と考えるうち、お瑛ははっと我に返った。どうして今まで気がつかなかったのかしら。

「市さん、悪いけど、ちょっと一緒に来てくれない」

突然、お瑛は少し怖いような顔で唇を嚙み締め、珍しく命令口調で言った。

「あたしとしたことが……」

6

二人は提灯の灯りを消し、背後からついてくるものがいないのを確かめてから、庭に忍び込んだ。

狸御殿はひっそり静まって、夜気に甘い山梔子の香りが漂っている。どこかで犬が吠えていたが、通りを歩く人影はない。

お瑛は今まで、辰造があの船宿に帰ったものとばかり思い込んでいた。だが考えてみれば、富五郎に追われているのだ。岩蔵の言うとおり島抜けして潜伏中の身であれば、見つかったら死罪は免れまい。辰造が船宿に帰るはずはなかった。

いや、たぶん見張られていて帰れないだろう。

ではどこにいるのだろうか。

狸御殿だ、とお瑛は閃いた。船宿からそう遠くはないし、まだ誰にも知られていない。まさかこんな近くにいるとは誰も思わないだろう。そんな死角を衝いて、辰造は狸御殿に隠れているのではないか。そう考えたのである。

家はしんと静まっていて、真っ暗だった。とても誰かがいるとも思えない。灯籠に手を入れて探ってみると、鍵はあった。

市兵衛がそれを玄関の戸に差し込んで、そっと開けた。黴臭い匂いがむっと鼻をつく。かれは壁に架かっていた手燭に火をつけ、玄関に転がっていた心張り棒を手に取った。

「ごめん下さいまし……、蜻蛉屋のお瑛ですが」

お瑛は奥に向かって呼びかける。

「どなたかおいでですか」

奥の部屋で、おう、と声がした。

お瑛は市兵衛の後に続いて、声のする部屋に走り、灯りを高く掲げた。むっと薬草の匂いが強く鼻をつく。灯りを巡らすと、夜具の上に起き上がって座っている辰造の姿が、大きな黒い達磨のように見えた。

「やっぱりここでしたか」

お瑛はそばに寄って言った。

「いやはや、見苦しいところを……」

辰造の声は掠れていた。先日、船宿を訪ねて話した時とは、比較にならない衰えようである。長い距離を、櫓を漕いで往復した疲れが、刀傷をさらに悪化させたのかもしれない。

「ちょいと腕に怪我をしておるんでね」

「どうか、横になって下さいまし。ああ、この者は番頭の市兵衛です、どうかお気遣いなく」

「では、失礼して……」

辰造が横になると、お瑛は手燭の火を枕元の行灯に移す。暗い部屋に柔らかい明かりが広がっていく。

「きっと来てくれるだろうと、待っておったんですよ」

「いえ、淡路屋さん、掃除には昨日参ったのですが、その時、怪我の手当をなさっているところを見てしまって……その後どうなさったかと心配で……」

説明するべきことが多くて、何から言っていいか分からない。

「呼んで下さったら、もっと早く参りましたのに。このままじゃいけないわ、淡路屋さん。いいお医者をご紹介しますから、ぜひ見てもらって……」

「なに、わしのことは放っといて下せえ。おかみさんを待っとったのは、そんなことじゃないんだ」

鋭く遮って、相手は言った。

「ちと頼みたいことがあるんですよ」

「あたしに？」

「はい、ある人に渡してほしいものがあるんだが、うちの連中は、血の気が多くていけない……」

言いかけて辰造はふと沈黙し、会話が途絶えた。

やけに重たい静寂がのしかかってきた。夜のしじまに、遠くで激しく吠える犬の声がしている。

「……おいでなすったかな」

辰造が呟いた。

「え、何か……」

はっとしてお瑛は視線を浮かす。

犬の声はほんの少しの間に、思いがけなく近くの庭からも聞こえ始めている。辰造はその声に耳を澄ましているようだ。何者かの気配が近づいているのが、お瑛にも分かった。

確かに微かな足音が塀の周りを回っているようだ。

辰造はやおら起き上がって、行灯の灯りを手燭に移し、吹き消した。市兵衛が片膝立ちになって鋭く尋ねた。

「何者なんで？」

「番頭さん、早いとこ、おかみさんを連れてここから出なせえ」

質問には答えずに、辰造は言った。

「しかし……」

「いや、よく聞いて下さいよ。この家は茶道の家なので、普通の作りじゃない」

妙な所に躙《にじ》り口や木戸があるので、大丈夫逃げられるという。まずこの先の渡り廊下を伝うと、茶室がある。その茶室には、生け垣で仕切られた茶室専用の庭がついている。日頃この茶室を使う時は、専用の木戸から、外に出入りしている。

「それは別の家の庭のように見えるから、そちらに見張りはいないはずだ。そこからお出なさい」

「淡路屋さんも一緒に逃げましょう」

お瑛が言った。

「いや、わしにはちっと考えがあるんでな」

先ほどの弱々しさが嘘のように、その声はきびきびしていた。

「ただ、木戸を出る前に一つだけやってもらいてえ。茶室の庭とこちらの庭の間に、納屋がある。そいつにこの手燭を投げ込んでほしい」

「いや、火付けはいけない」

市兵衛は青ざめ、殺気だった声で言った。放火の罰はそれこそ島送りである。

「なに、納屋を燃やすだけのこと。どこにも燃え移らずに消えちまう。その火を合図に、うちの若けえのがすっ飛んで来るはずだ」

「なるほど、助っ人を呼ぶわけで」

「それと、淡路屋には富五郎親分の手下が張りこんでるんでね。連中をこっちにおびき寄せたいんでさ」

「あら、富五郎親分があちらなら、今、外に詰めてるのは誰なんです？」

鋭くお瑛が言った。庭に入りこんでいるのは、富五郎の一派だとばかり思っていたが、敵は他にもいるというのか。

「説明してる暇はない、早く行きなせえ！」

草を踏みしだく密やかな足音が迫っていた。

「火付けくらいあたし一人で大丈夫、市兵衛は残りなさい」

「いや、それはならねえ……」

「うちの番頭は棒術の達人ですから！」

きっぱりと言った時、お瑛はほんの少し誇らしかった。

初めて市兵衛に会った時のことが、チラと頭を掠める。深川のお不動様にお参りした帰り、ならず者に襲われたことがあった。あわや手込めになりそうになった時、通りかかった若者が、拾った棒切れを鮮やかに使いこなして暴漢を撃退したのだった。

一年ばかりして、番頭を雇おうと考えた時、思い出したのはこの若者である。かれは深川の糸物問屋で働いているが、子どもの頃から棒術を習っているというのだ。番頭を雇うなら用心棒もかねる男がいい、お瑛はそう思った——。

「市さん、後を頼みます！」

「へい、お任せを。おかみさんこそ早く！」

市兵衛は手燭をお瑛に渡し、手にした心張り棒で部屋の外に押し出した。裾をからげて走り出そうとした時、すでに背後で辰造と市兵衛が相談し合う低い声を聞いた。

五人かな……。いや七人では……。出来るだけ引きつけて時間を稼ごう……。

お瑛は、屋敷の奥へと一目散に走った。何が何だか事情は良く分からないが、ともかく言われたとおりにしなくては。

廊下には雨戸が閉ざされていて、真っ暗闇である。おまけにひどく蒸し暑くて、息をするのもつらかった。手燭の灯りは、ぼんやりと手元しか照らさない。

だが頭の中には、屋敷の見取り図がはっきりと見えていた。それを手探りするようにお瑛は走った。


納屋がめらめらと燃え上がり、炎が夜空に上がるのを見定めて、お瑛は木戸から転がり出ようとした。

その時だった、母屋に人の雪崩れ込む音がして、ガタンバタンと襖や雨戸が倒される音が響いたのは。

お瑛は金縛りにあったように、その場に立ちすくんだ。がくがくと膝が震えたが、足がどうしても先に進まない。とうとう始まったのか。敵は何人いるのか。

側では真っ赤な火柱が夜空に立ち上がり、火の粉を散らしている。

これだけ盛大に燃えてくれれば、助っ人はすぐに駆けつけてくるだろう。だがそれまで二人は持ちこたえられるかどうか。

お瑛は、炎の明かりで隣庭との仕切りの板塀に小さな木戸を見つけ、扉を押して潜り抜けた。鬱蒼と木々が生い繁る母屋の庭は、赤黒い炎に照らされて、思ったより静かだった。焼け焦げる煙の匂いに混じって、山梔子の甘い香りが漂ってくる。

屋敷は雨戸が倒され、真っ暗な中の闇が見えている。そこには灯りひとつないが、奥からは、激しい乱闘の音が聞こえてくる。

ダダダッと廊下を走り抜ける数人の足音、雨戸がなぎ倒される音、トウ、ヤッという殺気だった気合い、かけ声、叫び声。物を投げつける音、刀が何かにぶつかる金属音……。

誰がどうなっているのか、皆目見当がつかなかった。

どこかで半鐘が鳴り出した。

火消しまでがここに乗り込んできたら、一体どう解決がつくのだろうか。辰造はさっさと逃げればすむものを、何故こんな危険を冒しているのか、とお瑛は木の陰に立ちひとりやきもきした。

その時、ねじり鉢巻きの若衆が三人、脱兎の勢いで庭に飛び込んでくるのが見えた。三人とも肩に櫓を担いでいる。

その後を追って走り込んできた男たちが数人。これがおびき寄せられた富五郎親分の手下だろう。よく見ると、その中の小柄な男が何か叫んでいる。富五郎本人だった。

7

この総勢十人近くが、ほぼ同時に駆け込んできたため、敵は浮き足だった。すべてが辰造の助っ人だと勘違いしたのだろう、ばらばらと何人かが縁側から庭に雪崩れ落ちてきた。

逃げ出そうとする男たちを、淡路屋の若い衆が、長い櫓を振り回して押しとどめている。

「殺すな、捕まえるんだ」

縁側に仁王立ちして叫んでいるのは、辰造だった。

「新吉、ついにシッポを出しやがったな。観念して、おとなしくお縄をちょうだいしろ！」

庭から叫んだのは富五郎だ。

「いい加減に目を覚ませ、富五郎！　わしは逃げも隠れもせんから、まずはこいつらを取っ捕まえろ。お得意の拷問で吐かせりゃ、親分の探す本当の相手は誰なのか、教えてくれるわ」

「ほざくな、新吉、今は潔《いさぎよ》くお縄にかかれ！」

言い合う中で隙を見て逃げ出そうとした男に、棒が投げられた。足に棒が絡んで倒れたところへ、市兵衛が組み付いて縛り上げる。

そこへ、火消し提灯と〝い組〟の纏いを先頭に、揃いの法被《はっぴ》の若衆がどやどやと走り込んできた。

とうに火は消えていて、熛《いぶ》る炎さえも見えない。おそらく小火《ぼや》と知りつつ、組頭が人足を引き連れて火元調査に来たのだろう。

「やっ、驚いたな。ありゃ、淡路屋のオヤっつあんじゃねえか」

縁側に立つ辰造を見て、組頭は叫んだ。い組の組頭は、つい最近も淡路屋から舟を出して釣りに出たばかりの、鳶の頭領だった。

今はゆっくり説明を聞く暇はない。火消し隊の機敏な働きで、乱闘は一気に収まった。

この宗匠屋敷に、最初に乱入したのは浪人者二人、やくざ者五人と分かった。そのうち一人が死亡、三人は逃げ、三人が負傷して捕まった。迎え撃った辰造も市兵衛も、無事だった。

だがお瑛は、これで一安心というわけにはいかなかった。その後に繰り広げられた光景にど肝を抜かれた。

「あっしは、葛飾の元目明かし富五郎という者だが……」

富五郎はそう名乗り、辰造の引き渡しを要求したのである。

この親分が説明して言うには——。

辰造とは、包丁人新吉の、仮の名である。割烹料理店万屋《よろずや》に奉公していた新吉は十三年前に万屋の女将を殺め、この富五郎の手で捕らえられた。死罪は免じられて八丈島送りとなったが、二年で島抜けした。

自分は十一年にわたって行方を追い続けてきた。その間、二度ばかり深川界隈で見かけたが、追いきれなかった。ここに見つけ出したのが百年目、この極悪非道の輩を、即刻こちらにお引き渡し願いたい——。

これを聞いた組頭は驚いて、一瞬言葉を失った。

「そ、そんなこたあ、あっしの一存で、どうこうするわけにゃいきませんや。今日のところは、自身番に仮に留め置いて、明日にも定回り同心、岡庭佐内《おかにわさない》様に話をつけて頂きやしょう」

大声でいい、辰造に向かって小声で言った。

「オヤっつあんよ、この親分さんの申し立てに間違いねえのかね」

するとと辰造は大きく頷いたのである。


「はい、わしは、万屋の包丁人新吉に間違いねえ。主人殺しの科で葛飾で捕まり、島送りの仕置きを受けたのも事実だ」

夜ふけの庭はどよめいた。


「しかし、親分の言いなさることに、一つだけ間違いがある。新吉は女将を殺しちゃいないってことでさ。わしはお白州で、遠山《とおやま》様のお裁きを受けたくて、この騒ぎを仕組んだと思ってもらいてえ」


「ちょっと待った」

富五郎が進み出た。


「罪もない者が、なぜ島送りなんかになった？　おまえ以外の誰があんなことをやれる？　公明正大なお裁きにケチをつけ、逃れようったってそうはいかねえぞ」

ざわめいていた庭はしんと静まり返った。

お瑛は素早く考えた。主人殺しであれば、普通は市中引回しの上、斬首か獄門だろう。それが島送りに減じられたのは、事情に情状酌量の余地があったか、〝恐れ入りました〟の自白も取れないままのお裁きだったか、そのどちらかに違いない。

徹底した捜査がなされなかったことが無念で、辰造は島抜けしたのだろう。

「わしは島抜けして十年、真の下手人を探してきた。それが誰か、今夜ここを襲ったやくざ者が知っていよう。海老責めでも石抱きでもさせて、とっくり聞き出しておくんなさい。親分さん、あんたにそれをやってほしくてここに来てもらったのだ」

言うだけ言うと、辰造は組頭に向かって両手を差し出した。

だが組頭はお縄をかけようとはしなかった。二人が肩を並べるようにして歩いていくのを、お瑛は木の陰から見送った。

その夜、お瑛はしたたか呑んだ。

家まで送ってきた市兵衛を茶の間に引きあげ、一升徳利をあけたのだ。

市兵衛としてみれば、蜻蛉屋までおかみを送ってきて、そのまま酒に誘われたのである。くたくたに草臥れていたし、汗と血でどろどろだったから、帰って一風呂浴びて寝たいところだ。

だが相手はお瑛だ、断るわけにはいかない。

井戸端で頭から水を浴びさせてもらい、浴衣を借りて着替えてから、いそいそと深夜の酒宴に侍《はべ》ったのである。

「今夜はほんとにご苦労だったね、市さん。あたしがあの屋敷を借りるなんて言い出さなけりゃ、なかったことだったのに」

酒を注ぎながらお瑛は言った。

「いや、いずれにしても、ああなったでしょうよ。淡路屋は、そのつもりで屋敷を買ったんだろうから」

「そうねえ……」

お瑛は盃をあおって考え込んだ。

辰造は、計画の決行を一ヶ月先に考えていたのではないかとお瑛は思う。あの屋敷を二ヶ月後に借りたいと申し出た時、一ヶ月以内にしてほしいと言われている。だが富五郎が予想より早く現れたので、決死の行動に出ざるを得なかったのではないか。

「あの親分に捕まったら、今度こそ死罪だもんね。この日本橋で捕まるよう仕組んだのは、自身番の人たちが皆、淡路屋さんの味方だからでしょう？」

「この町の人は誰もかれも味方でさ。それを利用するとは、いい度胸ですよ」

「深川まで行って誰に会ったか知らないけど、真の下手人をおびき寄せる誰かなんでしょうね」

二人は思いに耽りながら、盃を重ねた。

いずれにしても今夜、辰造は自身番に仮留置となっている。明日は同心の岡庭さまの尋問を受けることになるだろう。

岡庭さまは評判のいい人物だから、おめおめ富五郎に引き渡すことなく、外神田の大番屋に身柄を移し、事件について再度の吟味を受けるよう計らうのではないか、と二人は言い合った。

夜がふけるにつれ、酒はどんどん減っていく。

「ところで淡路屋さんの、立ち回りの腕はどうだった？」

「そりゃ、なかなかのもんでしたよ。匕首をあれだけ使う人は初めて見ました」

「市さんの棒術も、久しぶりに見たね、惚れ直したわ」

「また、おかみさん……もう、夢中で、何が何だかよく分かりませんでしたよ」

「まあ、お飲みなさいよ」

盃に注ぐと、市兵衛は若いだけにぐいぐいあおる。大立ち回りの後だったから、酔うのも早かった。

「ああ、おかみさん、すいません、水を一杯下さい。それ呑んで失礼しますから」

ろれつの回らない口調で言う。

お瑛は立ち上がり、瓶から水を茶碗に汲んだ。戻って来た時は、市兵衛はすでに大の字に倒れていた。背中を抱えて起こすと、男くさい体臭がむっと鼻先に漂う。

「すいません……やや、この水、うめえなあ。うーん……」

言いつつそのまま再び大の字になり、大きないびきをかいて寝込んでしまった。

日頃は抜け目のない男だが、寝顔はひどく幼く見える。

ふん、口ほどにもない、とお瑛はどこか忌々《いまいま》しく思った。二つ年下の男なんて、まだ子どももなんだねえ……。あたしは何を期待したのかしら。複雑な思いでその顔を眺めながら、手酌でなおも呑み続けた。

8

淡路屋の若い衆が訪ねて来たのは、それから十日ばかり後である。梅雨もあけて、むき出しの太陽が空にきらめく朝だった。

手に下げた桶に、獲れたての大きな鯛が銀鱗を光らせている。辰造が番所から戻ってきたというのだ。

あの夜に捕らえたやくざ者を、富五郎自らが責め抜き、絞り上げたという。やくざ者らは、金で雇われただけだから、本当の依頼人が誰であるか知らなかった。

だがスッポンの富五郎という名に違わず、次々と締め上げ、結局は、その依頼人の名は割れたのである。

「まあ、一体誰なんですか？」

お瑛は乗り出した。

「それはオヤっつあんに聞いてもらわないと」

若者は真っ黒に日焼けした顔をほころばせ、白く輝く歯を見せて言った。

「家で待ってますんで、お手空きの時に、ちっと行ってやっておくんなさい」


十三年前に葛飾で起こった事件について、いまお瑛が知っているのは次のようなことである。

万屋は、元禄の昔から続く割烹料理の老舗だった。その旦那が病に倒れたのは、新吉が板前頭になった三十半ばのこと。

店の実権を握った若旦那の周一郎《しゅういちろう》は、甘やかされて育った道楽息子である。店のことは番頭とご新造に任せ切り、夜な夜な売り上げを懐にして出かけていく。父親は寝たきりだし、母親はおろおろするばかりで息子を諫めることができない。同居している次男は冷ややかに見守るだけだ。

そんな中で、周一郎の妻のお衣《きぬ》だけがしゃきっとしていた。二十代半ばの美しいおかみで、同情と人気が一身に集まり、客足は減らなかった。

その頼みの綱のお衣に、凶事がふりかかったのである。

店を終い、誰もが床に入る頃合いのある夜更け、近くの居酒屋で一杯引っ掛けて来た次男が、裏の井戸端に、血まみれで倒れているお衣を発見した。お衣は店を閉めた後に、井戸で顔と手足を洗う習慣があり、これは家の誰もが知っていることだった。

胸の下に包丁が深く突き刺さっていて、抱き起こした義弟に、お衣は〝しんきち〟と呟いてこと切れたという。

凶器が新吉の愛用している出刃だったから、即刻かれは自身番に呼ばれた。すぐに釈放になると誰もが思っていた。

もともと相撲取りだったが目が出ず、むしろ力士への賄いづくりで評判になった。贔屓筋《ひいき》の万屋に引き抜かれ、真面目に奉公してきた。日頃から無口な一徹者だし、自分の出刃を現場に残すほど愚か者でもない。〝しんきち〟という言葉は、義弟を新吉と間違えて助けを求めたもの、と考えられた。

ところが新吉はそのまま戻ることはなかったのである。

その夜、両親は奥座敷で寝ており、二階に引き取った番頭は、同居の丁稚と喋っていた。若旦那は賭場にいた。最後に戸締まりして店を出たのは新吉であり、その時お衣の他は一階にいなかった。

事件に関して、さまざまな風評がたった。

〝新吉はお衣に気に入られており、女主人に特別の感情を抱いていたらしい〟

〝お衣はお客とよく呑みに行くので、新吉はそれを嫉妬していたのではないか〟

〝もともとあの男は包丁一本を手にして、どこから現れたか分からない、得体の知れない風来坊。どんな性癖があるか分からない〟

〝あの一徹な大男のこと、誰も周りにいない好機を狙い、女主人を手込めにして想いを遂げようとしたのではないか。だが拒まれてカッとなり、包丁を持ち出した……〟

そんなまことしやかな風評に富五郎が食いついたのだ。

「よう来て下さった」

辰造は涼しげな座敷に横になっていたが、待っていた客の来訪に、頬骨の浮き出た頬をほころばせた。だがお瑛は、短期間にげっそりと病み衰えていることに驚いた。

「今度のことはすべてあんたのおかげですて」

「あら、あたしが何をしましたっけ？」

「あの狸御殿を、桧舞台に変えてくれました。あのあばら家を貸してほしいと言われるまで、正直なところ、わしには何の考えもなかったんだが」

「お考えがあって買いなすったんだとばかり……」

「いや、面白い造りだから、隠れ家にはいいと」

「じゃあ、あたしが、ポンポコと腹鼓を打ったから？」

お瑛は笑い出して言った。

「そう、そのとおり。あんたが景気よく腹鼓を打ってくれたんで、連中をおびき寄せられたんですよ」

ごつごつした顔が笑み崩れ、目尻に一筋の涙が流れた。

「真の下手人が誰かは摑んでおったが、どうすればいいか分からなかった。あんたのおかげで、すべてが浮かんだようなもんで」

「で、真相はどうだったんですか？」

「真相……そうですのう」

辰造は天井を眺めながら呟いた。

「今となっては、何だかもう、どうでもいいような気がするんだが……」

あの事件の後、万屋は壊滅の危機に瀕した。長男周一郎は莫大な借金をつくって失踪し、今もって行方不明。病床にあった大旦那とその妻は、相次いで亡くなったのだ。当時の奉公人はすべて故郷に帰され、残ったのは番頭の与兵衛《よへえ》だけである。次男が新たに人を雇って再開したのが、今の店である。

島抜けに成功した辰造は、秘かに昔の奉公人を一人一人回って、あの夜のことを聞き出したのだという。

まず浮かび上がったのは、若旦那がしたい放題出来たことの、真の理由である。周一郎の母親は、番頭と古くから通じており、息子はその秘密を摑んでいたのだ。

不義密通は死罪に相当する。秘密の暴露を恐れた母親は、息子の我がままを見て見ぬふりをし続けた。その事実をお衣は薄々知っており、夫の周一郎を諌めることがあったのだ。

それを知った義母が、番頭をそそのかした。お衣はもともとおかみの実権を奪った出過ぎた嫁だ。長男が不出来なら、次男に跡目を継がせたかったのに、お衣がしゃしゃり出て店を盛り上げている。目障りだったのである。

番頭がお衣を刺し、新吉を下手人に仕立てあげた。

母親はお上の取り調べで番頭を庇い、奉公人には偽の証言を強いた。老舗を守るために皆で口裏を合わせ、秘密を守り抜いた。

残されたお衣の老母の面倒を、この番頭が見ていたのは、自分が手にかけたという引け目があったからに違いない。

「それが深川でしてね。わしがこのおっか様を見舞えば、番頭は必ず動き出すだろう。そう読んで、せんだって会いに行ったんですよ……」


「それにしてもあんたはよう似ていなさる」

すべて話し終え、安堵したように辰造は言った。

「狸に……ですか?」

面喰らってお瑛は言った。

「いや、亡くなったお衣さまじゃ。そっくりですよ。ほれ、これを見てやって下せえ」

辰造は枕元に手を伸ばし、そこにあった包みを押してよこした。

それはちょうど手に抱えるほどの大きさで、持ち上げるとずしりと重い。丁寧に包んでいる布をはがし、そこから出てきたものを見て、お瑛は思わず嘆声を上げた。

それは御影石に彫られた、一体の観音像だった。薄衣をまとったすんなりとしなやかな肢体、印を結ぶ優雅な手、ほんのりと微笑みを浮かべた美しい顔。

「このお顔が、お衣さまですか？」

「そう、観音様になって頂くのに、十年かかったが」

「十年……」

お瑛は溜め息をつき、改めて観音の顔を見直した。これは、この淡路屋が十年かけて彫ったものなのだ。

その面貌は眉が長く、ふっくらした唇と響き合っている。頬に浮かんだあるかなきかの微笑は、内面を包み込むように慎ましい。

「なかなか思うように出来んもんですのう。幾つ駄目にしたことか……」

この大男が、石に向かってコツコツ鑿《のみ》をふるい続けた十年の歳月を思うと、お瑛は何やら深い目まいを覚えた。

辰造が、その女主人に抱く敬慕の念には、測りしれないものがあるように思えた。その思い入れが強すぎて、なかなかお衣さんは、観音様になってくれなかったのだろう。

「お瑛さん、都合がつく時で構わないから、これを深川に届けてもらいてえのです」

「お衣さまのおっか様ですね」

「はい、おっか様に会って……お衣さまがお戻りなすったと……」

それだけ言うと、辰造は静かに目を閉じた。

「確かにお届けしますから、安心して下さいよ、淡路屋さん。他にも何か、してほしいことはありますか」

「舟に……」

乗りたい、と呟いたようだったが、そのまま深い眠りに引き込まれていった。辰造は舟に乗る夢を見ているのだと、お瑛は思った。

川から涼しい風が部屋を吹き抜けた時、気持ちよさそうに辰造は微笑んだように見えた。風に乗ったのだろう。やがて軽い寝息が聞こえ、蟬の鳴き声に混じっていった。

辰造の訃報を聞いたのはそれから三日後である。

「おかみさん、狸御殿での焼き物即売会の計画はどうなりました」

「あの屋敷はもうこりごり。また別の狸が出てきそうだもの」

そんな軽口を交わしながら二人で荷解きしている時、若い衆が駆けつけてきたのである。

辰造はあれからずっと目を覚ますことなく、眠るように逝ったという。

それを聞いて、お瑛はあの舟の夢を思い出し、スイと軽やかに櫓を漕ぎ出す辰造の姿が、瞼に浮かんだ。

思わず口に出して言った。

「まあ、淡路屋さんはやっぱり櫓の達人ね、いい風に乗りなすって」

五の話　七夕美人

1

〝商売繁盛〟

〝祈・病気退散〟

〝あした元気になあれ〟

笹竹がサワサワと揺れるたび、そんな願いごとを書いた短冊が軒端《のきば》に一斉に翻《ひるがえ》る。

この時期の蒸し暑さは、ひとしおである。じっとしていても、顔や脇にじっとりと汗が滲んでくる。

そんな七夕まであと数日という日の午後。お瑛は会津木綿の着物の襟をはだけ、団扇でぱたぱた胸に風を送りながら、軒端で笹のこすれる涼しげな音を聞いていた。

蜻蛉屋は例年、早々と笹竹を立てる。その七夕飾りは華やかだったから、道行く人々の足を止める効果があったのだ。

お瑛の作る短冊は、普通とは違って紙ではなく、草木染めの布なのだった。それに願いごとを書いた紙を貼り付ける。硬い布には、直接に筆で書きこむ。

もともと七夕の起源は豊作を神に祈る祭りであり、村の災厄を除いてもらうために腕自慢の棚機津女《たなばたつめ》が神の衣を織り、棚屋で神の降臨を待って衣と我が身を捧げた——という。

その伝説にちなんで、古来から、七夕には女たちの機織りと裁縫の上達を祈願してきたのである。

昨今の江戸では、子どもたちの手習いの上達を祈る言葉を、短冊に書くようになっている。

お瑛は蜻蛉屋らしく、短冊と吹き流しに、五色の草木染めの布を使うことにした。布の七夕飾りは風に優雅にたなびき、華やかさもひとしおだったから、日本橋通りでも名物になっていた。

ただ今年は贅沢禁止令が厳しくなり、華やかな七夕飾りは御法度だった。そこでお瑛は笹を一回り小さく、七夕飾りもぐっと少なくした。それでも笹竹を飾ると、すぐに沢山の客が見に詰めかけてくるのだった。

客が店に入ってくる気配に、お瑛は慌てて襟をかきあわせる。

「おいでなさいませ、あら」

涼しげな目を一杯に瞠《みは》った。

「誰かと思ったら、お寿々《すず》ちゃん……」

お寿々はにっこり笑っているが、どこか辺りを窺うようなおずおずした様子が見てとれた。

「覚えていて下さって有り難う。とっくに忘れられたかと思ってました」

「忘れるはずないじゃない。お寿々ちゃん、ちっとも変わってないもの」

お世辞でない。お寿々は相変わらず美しかった。

涼しげな青い阿波しじらの着物に、白い形のいい瓜実顔が、浮世絵にしたいほどよく映えている。襟元から胸に向かう肌は、悩ましいほどにすべすべして真っ白だった。

ただ、お瑛のやや厳しい好みからすれば、美しくなりすぎというきらいがあるかもしれない。どこかが突出すれば、どこかが失われるもの。凄艶な色気が出てきた代償に、初々《ういうい》しい娘らしさが失せたのだ。

少し面変わりもしたようで、頬の肉がこけた分だけ頬骨が高く見え、顔に微妙な翳りが出ている。

考えてみればお寿々も、もう二十一、二になっている。今は、一人前の女としての魅力を獲得して当然だろう。

「そんな所に立ってないで、さあ、お入りなさいよ」

もっと奥までいらっしゃい、と手で招いた。市兵衛は外出していて、お目付役はいない。

「いえ、こちらのご隠居さまがお悪いって聞いたもんだから、つまらない物ですが……」

言いながら上がりがまちに腰を下ろし、抱えていた包みを広げた。

まくわ瓜とトウモロコシが転がり出てきて、お寿々は照れたように微笑んだ。たくまずして愛嬌がのぞいた。それこそは、昔の懐かしいお寿々である。

「べつに珍しくもないけど、親戚の家で穫れたばかりなの。とても甘い瓜だから、井戸で冷やして差し上げて」

「まあ、有り難う。母は瓜が大好きなのよ」

さっそくお民に井戸で冷やすよう言いつけて、お茶の準備を始める。

「今も、お千沙《ちさ》さんの所にいるのね?」

「ええ、まあ……」

お千沙とは、いま江戸で流行の水茶屋〝星之家〟の女将である。

そしてお寿々はそこの看板娘なのだった。

以前、当代の人気絵師が描く美人画〝当代江戸下町八美人〟の一人として、描かれたこともある。星を刺繍した前垂れが絵に描き込まれたおかげで、〝星之家〟は一躍名を上げ、若い人々に人気を博したのである。

「お寿々ちゃんの美人画、今も大人気なんだってね。凄いわねえ、うちの七夕さまに飾ろうかしら」

「だめですよう、もう年ですもん」

お寿々はあまり心弾まないように生返事をし、話題を変えるように店内を見回した。

「とてもいいお店になりましたね、おかみさん、ご発展だわ」

「あら、何をまた……」

急に今さら何を、とお瑛は少し顔をしかめた。昔のつらい記憶がちらと頭を掠め、あんたにだけは言われたくないわ、と言いたくなってしまう。

「商売は水ものですもの、今は良くたって、いつ、どうなるか分かったもんじゃないわ」

するとお寿々は肩をすくめ、ぴょこんと頭を下げた。

「おかみさん、あの時はいろいろすみませんでした」

「あら、そんなつもりじゃないのよ」

お瑛は慌てて言った。

過去の過失を挙げつらったり、当てこすったりする気なんて毛頭ない。そこが、お瑛の美点でもあるのだ。

ただお寿々が以前、この店で働いていたのは確かであり、不義理をして突然やめた時は、閉店の危機に陥ったのも事実である。それを忘れているわけではなかった。

あれは、開店して半年を過ぎる頃だったか。

お瑛一人ではお客をさばききれなくなり、評判の器量よしのお寿々に手伝ってもらうようになった。目立ちたがり屋のお寿々は、給金は安くていいからこの店で働かせてほしい、とかねてからお瑛に頼みこんでいたのだ。

お寿々は、もう一人仲良しの加代《かよ》という娘を連れてきたので、同時に二人雇うことになり、店はぐっと華やいだ。

二人とも美人で客あしらいが良かったから、男女を問わずお客が増えて、蜻蛉屋は大繁盛だった。

ところが或る日、突然、あたしたち今日限りで店を辞めます、とお寿々が言い出したのである。驚いて事情を問いただしてみると、上野寛永寺のそばに開いたばかりの水茶屋に、高い給金で引き抜かれたのだという。

そこの女主人お千沙は、蜻蛉屋のお客だった。たまたま蜻蛉屋に買い物に来て、二人を見染め、引き抜いたのだ。

ゆったりと長い前垂れをかけた水茶屋娘は、下町の娘たちの憧れの的だった。看板娘といっても茶菓の給仕をするだけだが、どの店も容姿端麗な娘を集めて、人気を競っていた。美人画に取り上げられれば店は流行り、その娘にはいい縁談が降るように持ち込まれるのだ。

二人が嬉々として引き抜かれたのも、無理はなかった。

だからお瑛は意地でも、二人を引き止めはしなかった。だが突然看板娘に去られて、蜻蛉屋の客足は激減し、病母を抱えてお瑛は途方にくれた。お寿々を信用して請人《うけにん》（身元保証人）も立てていなかったから、苦情を持ち込む相手もいない。

忠実なばあやのお初が、お家の一大事とばかり自ら郷里の相模伊勢原まで帰り、遠縁のお民を連れてきたことで、急場は何とかしのいだのだった。

見てくれのいい若い女はもうこりごり！

お瑛はそう肝に銘じた。女二人に払う給金で、一人の信頼できる番頭を雇う方がはるかにいい。そう考えて市兵衛を雇ったのであり、その方向転換は大当たりだった。

「請人も立てずに人を雇ったおまえが悪い」

口やかましいお豊からそう諭された。

「店が好調だからといって油断しちゃいけないの。商売は好調な時ほど、落し穴があるもんだよ」

そんな言葉が身に染みた。

あれからほぼ四年――。

加代もお寿々も、あれきり店に姿を見せなかった。足蹴にするようにして自ら出て行った場所に、おめおめ顔を出せるはずもなかったろう。

それが今になって何だろう。そんな疑問が頭をよぎらないでもない。だがお瑛はもう、あの頃のはらわたの焼けるような思いを、引きずってはいない。

「まあ、お茶でも飲んでちょうだいな。古い話はもういいの。去る者を追わなかったのだから、来る者も拒まずよ」

「おかみさん、相変わらずなのね」

お寿々はふと涙ぐんで、出されたお茶を啜った。

「お加代ちゃんは元気？」

「加代はとうに水茶屋を辞めました。お嫁に行っちゃったの……」

「あら、あのお加代ちゃんがお嫁に？」

「ええ、あたしもそろそろ落ち着こうって気になってます。もう二十三になるんですもの」

「お寿々ちゃんなら、いくらだって縁談があるでしょう」

「ええ、最近もちょっといい話があるんだけど、いざとなると迷っちゃう。欲張りなのかしら」

そんなことをぽちぽちと話した。

あっという間に半刻（一時間）ばかりたって、市兵衛が帰ってきてしまった。お寿々は慌てて腰を上げ、蜻蛉屋特製の七夕飾りと綺麗な小物入れを買って、そそくさと帰って行った。

お瑛も仕事に戻ったが、何となく考え込んだ。あの人、一体、何の用で来たのかしらと。

まさか、義母の病気見舞いが目的だったわけでもあるまい。あれは口実で、何か話したいことがあったように思われた。

いい縁談があるという割にはどこか、浮かぬ顔だった。何となく歯切れが悪かったこと、市兵衛が戻ってくるとそそくさと席をたったこと……を考え合わせると、やはり理由《わけ》ありだという確信が深まってくる。

うんと意地悪くみれば、お金を借りに来たのかもしれない。

それとも結婚を決めかねて相談に来たのか。

思えば、お寿々の美しい顔には、どこか貧しげな印象が張り付いていたような気がする。しかし人気の水茶屋娘なら、給金も人より多く貰っているだろう。借金を申し込みにくるような事情は考えられなかった。精神的に追いつめられているとすると、悪い男でもついているのだろうか。

あれこれ考えて、お瑛は肩をすくめた。

その後、お瑛は手に小さな笹竹を持ち、お豊の部屋に行った。

神主を真似てシャッシャッと笹を振り、〝福は内、病気は外〟と唱えて、義母を笑わせる。短冊には、病気平癒、長寿……とお豊のことばかり書いてあった。

「今、あのお寿々ちゃんが来て、おっかさんに瓜を持ってきてくれたのよ」

お瑛はそばに座り込んで、今しがたのことを話した。すると、少し考えてお豊は言った。

「ふーん、あの子は、あまりいい人生を送ってきてないねえ」

「そうかしら」

「盛大に遊んで銭を失った人は、貧乏にはなっても、貧相にはならないものだよ」

それはお豊の口癖なのだった。

貧乏はしても、貧相になるな。金は溜めるより使うもの。気持ちよく使えば、気持ちよく貧乏になれる――それがお豊の考える〝いい人生〟の哲学である。

それに照らし合わせてみると、やはりお寿々はいい生き方をしていない、とお瑛は思った。

2

翌日の午後、紙問屋の誠蔵が、七夕飾りを見にやって来た。ひとしきり褒めてから、自分も蜻蛉屋の短冊を一揃い買った。

「あら、お宅は紙屋でしょう。短冊は紙でないと」

「いや、なに、女にくれてやるんだ、蜻蛉屋の物は女に喜ばれるんでね」

「女って誰のこと」

お瑛がわざとむくれると、誠蔵は黙って首をすくめた。

「ま、誠ちゃんだって、一人や二人いても不思議はないわねえ。さあ、願いごとを短冊に書いて吊るしてって。ご利益あるわよ」

笑いながら、お瑛は短冊と硯と筆を渡した。

誠蔵は首をひねって考えていたが、黄色い短冊を選んで、かな釘流で次のように書いた。

〝あした御機嫌になあれ〟

「あら、何ですか、これ、誰の御機嫌ですか？」

お民までも冷やかして笑っている。

「女だよ、機嫌の悪い女ほど、恐ろしいものはないからね」

言って誠蔵は店の外に出て、短冊に結びつけている。その側にお瑛は寄って、声を潜めた。

「ねえ、昨日、お寿々ちゃんが来たのよ」

「え、お寿々がこの店に？」

誠蔵は驚いたように言った。

お寿々は、かれの亡妻の友達だったのだ。妻が死んでから一時付き合っていたこともあったらしい。お寿々が蜻蛉屋に出入りするようになったのも、そうした関係からだった。

「どうして、また？」

「それがよく分からないの」

「ふーん」

「何か相談ごとがあったのに、言い出せなかったんじゃないかしら」

「たぶん清吉《せいきち》のことだろうね」

「あら、何か知ってるの？」

「知らいでか。清吉はお加代の思い人だったんだからな。一緒になろうと約束してた男を、お寿々が奪っちまったのさ」

「えっ、それ、いつのこと？」

「もうずいぶん前のことだ」

なるほど、そういうことがあったのか。だから加代はお寿々と決別し、あの水茶屋を辞めたのだろう。

「ただ、清吉とはたぶん所帯は持ってないはずだぜ。あの女にとっちゃ、清吉ふぜいなんて、目じゃないからな」

「清吉さんって、その人は何をしてる人なの？」

「うん、一応は絵師だよね。浮世絵を描いてるんだ。屋号は、ええと何てったっけな、菱川《ひしかわ》……清信《きよのぶ》とかいったかな。一時売れたことがあったそうだけど、今はてんで売れないし、売る意欲もない。ま、ぐうたら野郎さ」

「手厳しいわね、男には。でもそういうぐうたら男を、なぜ美女二人が奪い合うわけ？」

「ふん、あの二人に見る目がないってことだろうけど、まあ、色男かな。お寿々も、初めはちっとばかり気取って、つまみ食いのつもりだったんだろう。好きなうちはせっせと貢いでたけど、飽きるとポイ……悪女だよ、あの女は」

「じゃ、誠ちゃんも、ポイされたわけ？」

「おいおい、冗談じゃないぜ」

誠蔵は、お瑛の額を指先で突ついた。

「ポイしたのはおれの方だよ。おれと清吉は、両天秤にかけられてたんだ。清吉は色男だが金はない、おれは醜男だが金は店にいくらでもある。それで釣り合いとってたんだろ。そうと知ったら、急に嫌けがさしちまった」

お瑛は笑い、首をすくめた。二人にそんなことがあったとは、つゆ知らなかった。誠蔵はお喋りのくせに、自分に都合の悪いことは決して言わない。

「いま、いい縁談が来てるらしいの。でも、悩んでるみたいね。清吉さんとうまく別れられないいんじゃないかしら」

「うーん、そうかなあ。もしかしたら、お瑛ちゃんに、請人を頼みたかったのかもしれないぜ。確か両親ともいないんだよ。父親ってのは女癖が悪くて、何人めかの女とんずらしちまったし、母親はそのすぐ後に死んだしね」

お瑛は腕を組んで、首を傾げた。身元保証となると、やはりあの四年前の手ひどい仕打ちを思い出してしまう。

「今は、その清吉さんと一緒にいるの?」

「いないだろうよ。いい縁談だったら、先方も身元を調べるだろう。まとめようと思ったら、古い関係を引きずってちゃだめだ」

そりゃそうね、とお瑛は頷いた。

「ところでお加代ちゃんは、今どこにいるの?」

「ああ、加代の亭主は仲買人をしててね、仕事でたまに会うんだ。会いたければ連絡とってあげようか?」

「いえ、ちょっと聞いてみただけ」

お瑛は首を振った。積極的に会いたい相手ではない。だが清吉のことは、お加代が誰よりよく知っているだろう。いずれ会うことになるかもしれないと思った。


その夕方のことだった。

お瑛が近くの武家屋敷まで品物を届けて帰ってくると、上がりがまちに腰を掛け、長煙管を口に銜《くわ》えて吸っている女客がいた。

「おいでなさいませ」

軽く言ってその顔を見て、ぎょっとした。

髷を粋な長船《おさふね》にしゃきっと結い、細く吊りあがった目でじっとこちらを見つめる、鼻っ柱の強そうな顔。一度見たら忘れようもない、伝法な顔である。

「お千沙さん……」

言ったきり絶句した。昨日のお寿々といい、今日のお千沙といい、一体何があったのだろう。市兵衛と目が合うと、要注意の合図を送ってくる。

「ご無沙汰ねえ、お瑛さん」

お千沙は煙を吐き出しながら言った。もう三十代半ばになったのだろうか。面長なきつい顔は以前より少しむくんで、肌も陶器のようなつるつるした艶は失せているようだ。だがまだまだ女盛りの色香を発散させている。

「ほんとにお久しぶりですね」

「ここ、随分いいお店になったじゃない。商売繁盛で、結構なことだね」

無遠慮に店内を見回して言う。

ちらちらと様子を窺うようにお瑛に向けてくる強い視線は、何故か知らないが、すでにもう喧嘩腰である。

今度は市さんでも引き抜く気かしら、とお瑛は一瞬思った。この女に引き抜かれるような市兵衛だったら、のしをつけて送り出してやるわ、とこちらも戦う体勢を整える。

「とんでもございません。でも遠路はるばる、またどうなさいました?」

「いえね、うちのお寿々がお邪魔してるんじゃないかと思って」

「お寿々ちゃんが?」

意外な気がした。どうしてそんなことを言うのだろう。昨日来たことはとりあえず言わないでおこう、と心に決める。

「しばらく見ないけど、一体どうしたんですか」

「ここ三日ばかり休んでるのよ。家にもいないし、蜻蛉屋に戻りたいとか言ってたんで、こちらに来てるんじゃないかと……」

「戻るって？」

何が何やら分からず、思わずさえぎった。

「ご覧のとおり、お寿々ちゃんは来ていません、人手は足りているので、そんな予定もございません」

「ふふ……、二人して猿芝居してるんじゃないの」

「猿芝居？　どういう意味でしょう」

「蜻蛉屋も繁盛して、お店をもう一つ出すんでしょうが。あたしは祝い酒の一本も贈りたい気持ちだけどねえ、お寿々を引き抜くのだけはやめて頂きたいもんだ」

「ええ？」

「とぼけなくたっていいの。目出たいことなんだからさ」

お千沙は口元を歪めて笑い、煙を吐き出した。

「待って下さいよ、お千沙さん、何か誤解が……」

「いえね、あたしもわざわざ遠くから来たんだから、ちょっと言わせておくれじゃないか。おたくにどんな都合があったか知らないけど、あの娘には、あと二、三年働いてもらわないと、帳尻が合いやしない。勝手なことをされちゃ困るんだ」

「…………」

「もしお寿々を引き抜いたりしたら、うちの若いもんが黙っちゃいない。今日はそれを言いに来たのさ」

「何を言ってなさるのか、分かりません」

かっと頭に血が昇っていた。

むやみに腹がたち、とりあえず横面を張り倒してやりたい気がした。

ふてぶてしい大蛇のような女である。今度は引き下がらないと決心する。成り行きによっては、取っ組み合いになったっても構やしないと思った。

「何かの間違いでしょう。こちらにそんな予定はありませんよ。でも、お千沙さん、勝手なことって仰るけど、四年前にあなた様がなすったことは、勝手じゃないんですか」

「四年前とは事情が違うじゃないか」

お千沙は薄い唇を歪めて、言い返す。

「あの時のお寿々は、男も知らないずぶの素人娘、ここでただ同然にこき使われてたのを、あたしが救ってやったんだ。あの娘を看板娘にして、評判の水茶屋娘に仕立てたのは、誰のおかげと思ってるんだい？」

「お千沙さん……」

「お寿々には部屋も貸してるし、ぶっちゃけ金も貸してるんだ。江戸の仇を長崎でってわけにゃいかないんだよ」

立て板に水の啖呵を、呆然と聞いた。

この女と取っ組み合う自分の姿が、ありありと胸に浮かんだ。

いつだったか女同士のつかみ合いを目撃したことがあったが、それは凄惨なものだと記憶している。互いに髷を引っ摑んで揺さぶるから髪はざんばら、帯は解け、はだけた裾の赤い蹴《け》出しから、真っ白な太ももの奥がのぞいていた。

ああ、駄目、ああはなりたくない。蜻蛉屋のお瑛が、星之家のお千沙と取っ組み合って太ももまで晒す？　ああ、いけない、町中の笑いものになるだけだ。

こうして言い争っているところを客に見られただけで、誰しも幻滅するだろう。ぐっと気持ちを鎮め、一呼吸おいた。

「あのねえ、お千沙さん、どんな事情がおありか知りませんけどね。あなた、お寿々ちゃんに騙されてますよ」

「騙されてる、このあたしが……？」

白い顔に、ぱっと朱がさした。

「いい加減を言うんじゃない。蜻蛉屋が店を出すことは、お寿々から聞いたわけじゃないんだ。もう噂になってるのを知らないのかえ」

「うちが支店を？　ここだけで手一杯というのに、どこにお店を出すんです？　ばかばかしい。番頭さんからも言ってあげて」

呆れ果て、肩をすくめて市兵衛に応援を求めた。

「あの、それ、もしかして例の宗匠屋敷の話じゃございませんか」

市兵衛が苦笑をこらえて言った。

「あの家のことなら、手前も、お客様に聞かれたことがありますよ」

「どこだか知らないけどね、裏通りの空き家を、蜻蛉屋が格安で譲り受けたって話じゃないか」

「あっ、なあに、あの狸御殿のこと？」

お瑛は思わず声を上げ、脱力した。

初めて話の筋が見えたのである。あの宗匠屋敷で陶器即売会を開く——という当初の目論見が、噂の根源だったとは。あの話は、淡路屋辰造の仕掛けた大捕り物の後、立ち消えになっている。

だが話だけ回り回ってそのような噂になっていたのだろう。

噂を聞き込んだお寿々が、願望をこめて、お千沙に何かほら話を吹き込んだのかもしれない。

「お千沙さん、あそこ、狸御殿ってあだ名なんですよ。とんでもない狸がまだいるのねえ」

お瑛は苦笑して、事情を手短かに語った。真相は三日間だけ蜻蛉屋が屋敷を借りるという話であって、今はそれすらもウヤムヤになってしまっているのだと。

「へえ?」

お千沙はなお半信半疑らしく、細い目をさらに細くして窺っている。

「じゃあ、あそこは誰のものになるわけ?」

「さあ、そこまでは知りません。淡路屋さんが何か遺言を残したかどうか」

「ふーん、お寿々は何を言ってるんだか……」

お千沙は低く呟き、急に黙り込んで、華奢な指で煙管に莨を詰めている。

お瑛は黙って髷のほつれを直していた。結ったばかりの髷である。取っ組み合いにならなくてよかったと安堵した。それにしても、お寿々が金を借りているとは、どういうことなのだろう。

それを踏みにじっても星之家を辞めたいという、転職の相談だったのだろうか。

そこへ若い娘たちが三人ばかり入ってきて、口々に言った。

「七夕飾りを下さい」

その背後に岡っ引きの岩蔵の姿があり、じろじろと蜻蛉屋の笹竹を吟味しているのが見てとれた。

また御禁制に触れるとか何とか嫌なことを言いに来たのだろう、とお瑛はぞっとした。この三人の娘と岡っ引きの応対に追われていて、気がつくと、お千沙の姿は消えていた。

3

「お待たせしました」

約束よりほんの少し遅れて、お瑛はその汁粉屋に着いた。

加代はすでに来ていて、縁台の隅にちんまりと座って、通りを行く人を眺めていた。

大伝馬町の薬種問屋で時間ぎめで働いており、朝から八つ（午後三時）まで店番をして、交代するという。

その帰りに、日本橋通りのこの店で待っていてくれるよう、誠蔵を通じて頼んでおいたのだ。

加代は丸い目をしたぽっちゃり型の美人である。地味なしのぶ髷に結っているが、その色白な華やいだ顔は、汁粉屋の店先にいてもぱっと目立つ。

「お久しぶりです、おかみさん、その節はすみませんでした」

腰を浮かせて頭を下げる。

「ああ、昔のことは言いっこなしよ。それよりお加代ちゃん、汁粉餅が好きだったでしょう。たんと食べて」

汁粉餅を二つ注文してから、昨日、お千沙が乗り込んで来たことを話した。

「え、本当？　おお、こわ……、星之家のおかみさんて、黒塚の鬼婆みたいな人ですからねえ」

「ていうより、オロチね。今にも巻きつかれて食べられちゃうんじゃないかと、怖かったわ。でもお寿々ちゃん、一体どうしたわけ？」

お寿々の名を聞いただけで、加代は顔を歪めた。

「名前を聞くだけでもいや、あの人のことは話したくないです」

「はっきり言って、清吉さんのことね」

加代は頷いて、頬を膨らませた。

確かに清吉は、加代にとって将来を言い交わした初恋の相手だったのだ。神田の味噌問屋の一人娘で、今は兄二人が店を手伝っていた。

ところがこの加代が親も手を焼く不良娘で、よくお寿々の家に泊まるからと外泊許可をもらっては、寺の離れに間借りしている清吉の部屋に泊まっていたのである。

口にするのも嫌そうに、やっと加代が話してくれたのは——。

ある時、いそいそと清吉の部屋を訪れて、玄関に見覚えのある女下駄を見つけた。それは自分が、仲良しのお寿々にあげた下駄である。

お寿々ちゃん、来てるんだ。単純にそう思い、驚かしてやろうと庭に出て、そっと縁側の方に回った。その時、座敷と縁側の境辺りで繰り広げられていた光景が、加代のすべてを変えてしまったという。

目に飛び込んだのは、あられもない男女の交合だった。

着物の裾を腰のあたりまでまくり上げ、男を迎え入れている真っ白な女の下半身。覆いかぶさっている男のあらわな尻。重なり合って激しく動く二つの肉体は、加代にはたとえようもなく気味の悪い白い生き物に見えた。

全身の血が逆流し、そのままそろそろ後ずさって引き返した。どうやって家に帰ったかもよく覚えていない。それきり部屋に閉じこもって、物も食べずに泣き続けた。

「あれから二人とは会っていません。ええ、一度もね」

加代は自分の言葉に小さく頷いた。

「星之家もやめ、親の薦める相手と、顔も見ないで祝言をあげたんです。もう、何もかもどうでもよかったの。死ぬよりはまだましかと思って……。天罰が当たったんだわ、あんまり好き勝手に生きてたから」

「でも今は幸せそうじゃないの」

「ええ、偶然だけど、いい人に巡り合ったのね。相手は顔は悪いけどいい人で、秋にはややこもできるし……」

「まあ、それはおめでとう」

お瑛は微笑んだ。悲惨なことがあっても、人は逞しく生き延びるものだな、と目を瞠る思いだった。

「有り難うございます」

加代も満足げに微笑んだ。

折敷《おしき》に載って、汁粉餅とお茶が出された。

「さあ、頂きましょう。……聞いたところじゃ、お寿々さん、いい縁談が決まりそうなんですって？」

「ああ、もうご存知なんですね。でも、どうかしら。あの縁談を決めるのは難しいって、うちの亭主が言ってますよ」

加代の夫は仲買人をやっている関係で、商店に関する情報をいつも集めている。雑談や、飲み屋で小耳に挟んだ噂話が、けっこう商売の役に立つのだった。

そうした噂の中に、星之家の看板娘の話があった。相手は両国の吉祥屋という古い菓子問屋の若旦那で、一目お寿々を見て惚れ込み、結婚を申し込んだという話である。

「まあ、凄いお相手じゃない。吉祥屋って、支店が幾つもある老舗でしょう。ぜひまとまってほしいわ」

「ですよね。江戸一番の水茶屋娘なんて持ち上げられても、二十三までやってるもんじゃないわ。二十くらいまでには相手を決めて、さっさと引かなきゃだめ」

「でも星之家が放さないんじゃないの」

「ふふん、看板娘には、とうが立ち過ぎてるのにね」

そのぽっちゃりと可愛い口から、意外にえげつない言葉が飛び出した。

「縁談なんて幾つもあったのに、まとまらなかったのは清さんのせいでしょう」

「清さんて、絵師の清吉さんのことね」

「そう、あの人のそばにいたいんだと思う、たぶんね……。あの人をどう振り切るのか、それが見ものだわ」

話が逆ではないのか。誠蔵の話では、お寿々の方が男をつまみ食いし、飽きるとポイするということだったのに。

「清吉さんてどんな人？」

「はっきり言って、怠けものですね」

少し首を傾げて、言下に言った。

「腕のたつ絵師なんだけど、気が向かないと仕事しない。あれじゃお金なんて稼げやしないわ。ずっとお寿々さんのヒモですよ。滅多なことじゃ、清さんだって金づるを放さないでしょうし」

加代の口元に浮かんだ残酷な笑みが、ことの真相を生々しく物語っていた。どうやら清吉は、たちの悪い男らしい。

その寺の住職が妾に生ませた、別腹の息子という。絵師になるのが夢で、ずっと浮世絵を描いてきたが売れず、博打にうつつを抜かすようになった。

気が向けば仕事もするが、根が遊び人だった。

ただ、金はないが、よくしたもので女が放っておかなかった。色白で役者にしたいような色男である上に、閨房では、女泣かせの名人だというのだ。一度抱かれた女は、金を貢いでもまた抱かれたがるとか。

女が死にもの狂いで稼ぎ、貢いだ金を、かれは惜しげもなく賭場に捨てていた。

「おかみさん、あたし、あの離れで、二人の抱き合うところを見てしまったでしょう。でもね、今思えば、わざと見せたんじゃないかって、そんな気がする。二人で仕組んだんだわ。そうでもしないとあたしが諦めないから……」

「清吉さんて、そんなにいいの？」

すると加代は顔を赤らめて、黙ってうつむいた。

まったく、とお瑛は肩をすくめた。こんな美女二人を誑《たぶら》かし、ヒモになって恥じないような色悪には、ぜひ一度お目にかかってみたいもんだわ。

「あのお千沙さんから聞いたんだけど、お寿々ちゃんは、星之家からずいぶん借金してるらしいのね。そのお金、清吉さんに貢いでいるわけ？」

「ああ、もちろんです」

加代は身体をよじるようにして溜め息をついた。

「今だから言えるんだけど、あたし、お寿々のおかげで救われたと思ってるんです。あのまま清さんと一緒だったら、今ごろ地獄を見てる……間違いなく身の破滅でした」

せいせいした口調だったが、微かな湿りが感じられた。

そこにあるのは男を取られた無念より、厄を逃れた安堵感なのだろうが、まだ一抹の未練があるようにお瑛は感じた。

加代と別れてから、お瑛は十六夜橋に回った。

茂みで紫陽花が立ち枯れたまま残っている。そのそばに無数の薄桃色の花を咲かせているのは、夕方から咲くおしろい花だ。

この一件で抱え込んでしまった浮き世の憂さを、お瑛はお地蔵様の前に、置いていきたかったのだ。

どうやらお寿々は悪い男に引っかかっているらしい。

この広いお江戸にはもっといい男がいくらでもいるはずなのに、なぜお寿々ほどの美女が、よりによってそんな蛇のような男を摑んでしまうのだろう。

お瑛はそう思わずにはいられない。先日ふらりと訪ねてきたのは、何か打ち明けたかったのだろう。言い出しかねて帰ってしまったのが、哀れである。

できたら、もう一度会いたいと思う。

だが会ったからといって、何をしてあげられもしない。お寿々にいま必要なのは、同情や、余計なお節介ではない。借金を肩代わりしてあげられる財力と、清吉を身辺から追い払う知恵ではないか。

前者はとても無理である。でも清吉を追い払うことには、少しぐらい力を貸せないだろうか、とお瑛は思った。

4

少し歩くと汗が噴き出した。

薄い雲を透かし、日傘を透かして、白いねっとりした光が身体に纏いつくようだ。どこまでも白い光が澱んでいる空のどこかで、雷が鳴っていた。

あちらこちら歩き回り、目指す寺をようやく探し当てた時は、汗が浴衣の襟をじっとり濡らしていた。

家を出たのは八つ（三時）過ぎだ。お豊に薬を呑ませると、いつもお瑛は半刻ばかり休憩をもらい、私用に当てるのだった。この日は、汗になってもいい涼しい浴衣に着替え、すぐ戻りますから、と店を市兵衛に頼んで出て来たのだ。

境内を入ると正面に寺の本堂が見えた。あまり大きくはないが、手入れの行き届いた檀家の多い寺に見える。

庫裡の向こうに廊下でつながった離れが見えていて、小さな出入り口があった。

「ごめん下さいまし」

戸を開けて案内を乞い、しばらく待っていると、二十五、六に見える男がひっそりと出てきた。中肉中背、色白の役者顔で、身のこなしの静かな男だった。

「清吉さんですね」

これが、件《くだん》の色男か、とそれとなく観察しながらお瑛は言った。見たところ目の覚めるような美男でもなく、女を誑《たぶら》かす色悪でもなさそうなのが、拍子抜けだった。

「はい」

「お寿々さんはこちらでしょうか？」

男は立ったまま、無表情で首を振った。

「そうですか。いえ、あたし、日本橋蜻蛉屋のお瑛と申しますが、お寿々さんがうちで働きたいということなので……」

と嘘をつき、この訪問の辻褄を合わせる。

「あの、いま、ちょっといいですか？」

「あ、いえ……」

一瞬かれは迷惑げな様子を見せたが、墨の汚れがついた手で、外を指した。

「縁側に回ってくれますか。中はむさくるしいんで」

空にはまだ遠雷が聞こえている。

裏庭に回ると、そこは畑になっていて、葱、玉蜀黍、瓜、茄子などがたわわに実っていた。へえ、とお瑛は意外に思った。

親戚の畑で穫れたからとお寿々が届けてくれたのは、この畑のものだったのだ。

「これ、おたくさまが作っておいでですか？」

縁側に腰をおろし、少し離れてしゃがんだ清吉に訊いてみる。

「はい」

「畑仕事なさるようには見えませんのに」

日焼けもしていない白い華奢な手を、じっと見ていた。

「なに、畑仕事といっても、いい加減なもんですから」

「でも、先日お寿々ちゃんに瓜を頂いたけど、美味しかったわ」

「そうですか」

清吉はそれきり黙って俯いている。

まともに目を合わせようとせず、廊下の木目ばかりをじっと見つめている。この男のどこが、そんなにいいのだろう、とお瑛は不思議で仕方がなかった。

今日来たのは実のところ、お寿々のためというわけではない。二人の女を狂わせた清吉なる色男を一目見てみたいという、押さえがたい好奇心からだったのだ。なぜ加代やお寿々のように、男が放っておかない美女が、やすやすと引っかかってしまうのか。

あたしを騙せるなら騙してごらん。

そんな挑むような気持ちがないとはいえなかった。世間知らずの若い娘ばかりいじめてないで、大人の女で勝負おしよ。

だがそんな鼻息荒い意気込みも、この清吉を前にしていると、だんだん空気が抜けてしまう。想像してきたような蛇男とはだいぶ印象が違うからだ。清吉はどう見ても、人付き合いの苦手な、ひきこもりがちな優男だった。

「お寿々ちゃん、どちらに住んでおいでですか」

「さあ」

「さあって、あなた、ご存知ないの？」

「向こうが来るばかりで、行ったことはないんで……」

「でも、長いお付き合いなんでしょう、場所くらいは」

「いや、付き合いといっても、まあ、いい加減なもんでして」

お瑛は呆れてその顔を見返した。

「いい加減……て仰るけどねえ、清吉さん、お寿々さんと所帯を持つ気じゃないんですか。そう聞いていましたけど」

思わず、言ってしまう。

必ずしもお寿々の味方というのでもないが、女に蛇のように纏いついて金を絞りとり、相手を引き受ける気がないくせに、幸せを妨害するなんて許せない気がする。甘い蜜を吸うだけ吸い、あたら短い花の命を散らせるとは、男の風上にもおけないと思った。

「あの、余計なお世話かもしれませんけど、ちょっと言っていいかしら」

「はあ……」

はあ、じゃないでしょうが、はきはきしない男ねえ。

「所帯を持つ気もなくて、ここまで付き合ってきたわけなの？　お寿々ちゃんの将来を考えたことはないんですか？」

いきなり強い口調で言い出したので、かれは驚いたように目を上げた。お寿々に用があって来た客とばかり思っていたのだろう。

「あの……」

何か言いかけて黙ってしまう。その態度がまた何とも煮えきらない。

お瑛は相手を睨むように見据えた。もしかしたら清吉はこのようにぐずぐずと黙ってばかりいるから、女の方がもどかしくなり、つい何かしてあげたくなるのかもしれない。

「どうぞ、遠慮なく仰って下さい」

「いや、あの、お寿々にはずっと言ってるんですよ。いい相手が出来たら、いつでも一緒になれって」

「そんなの卑怯でしょう。付き合っていながら、誰か別の人と一緒になれって言われても……。あなたの存在が邪魔するってことはないんですか」

「もしそうだとしたら、困ったことで……」

「清吉さん、あなたが放さないんでしょう。あなたが、引き止めてるんじゃないの」

「いや、それはないです」

「じゃあ、今度は祝福してあげられるわね」

「いま、お寿々ちゃんに縁談が持ち上がっているのはご存知ですね」

「え、何が?」

「ああ、そうですか、知りませんでした」

「どう思って?」

「そりゃもう、祝福します……」

清吉は目を上げて、お瑛を覗き込むようにして言った。

どこか文楽人形の頭《かしら》に似ていて、白目が、今日の薄曇りの空のように白かった。何か言いたいことがあったようだが、何とも言わずに目を伏せ、また廊下の木目を見つめている。

「それを聞いて安心しました。お寿々ちゃん、悩んでるみたいだから」

清吉は今度は目を上げなかった。

どうやらお寿々から、縁談を知らされていなかったらしい。もっともかれが稀代《きたい》の嘘つきでなければ、の話だが。だがそう信用ならぬ男にも見えなかった。

何を言っていいか分からなくなり、お瑛は沈黙した。相手も黙り込んでいる。

この清吉という男のことは、よく分からなかった。ぐうたらのくせに野菜を育ててみたりして、何を考えているのかさっぱり摑めない。だがお寿々の縁談のことを話し、祝福するという言葉を引き出しただけで目的は達成したと思う。

お瑛は立ち上がった。

「何だか余計なこと喋ってごめんなさい。お寿々ちゃんが来たら、よろしく言って下さいね」

すると清吉は肩をすくめた。

「たぶん、もう来ないと思うけど」

「どうして？」

「もう来るなと言ってあるから」

お瑛は半信半疑ながら頷き、相手に一礼して外に出る。まだ雷が鳴っていた。

はかばかしい男ではないが、もしかしたら加代が言うほど、あこぎな男でもなさそうな気がした。

女にだらしがないのは、きっぱり断れない性分のせいだろう。ただ清吉が脅したりすかしたりして、女を引き止めているのではなさそうだ。おそらくお寿々の方が清吉に惚れ込んでいるのだ。

5

それから三日後の、明日は七夕という日の早朝だった。

店を開いてすぐ、お瑛は露天の花屋まで行き、仏花《ぶっか》と鬼燈《ほおずき》の鉢を買い込んだ。一枝に七つ八つ、実がついているが、先の方の四つぐらいはまだ青い。それらがすべて赤く色づく頃、夏は終わるのだ。

鉢を脇に抱えて人混みを歩いて戻る時、岡っ引きの岩蔵にばったり会った。おはようございます、と会釈して行きすぎてから、おかみさん、と呼び止められた。

「はあ……？」

びくりとして振り返る。この人物に呼ばれて、ろくなことがあった試しがない。

「先日、おたくに、星之家のおかみがおいででしたねえ」

「えっ？」

驚いた。どうして知っているのだろう。だがよくよく考えてみればお千沙と入れ違いに入ってきたのは岩蔵だったっけ。さすが商売柄、よく見ているものだな、と感心する。

「ああ、そういえばそうでした。それが？」

「昨夜、星之家で出入りがありましたぜ」

「出入りですって？」

「いや、はっきりしたことはまだ分からねえんですが、殺しです。時刻は、夜明けの晩ってとこかな」

鉢を取り落としそうになった。稲妻に似た光が、脳の中をぴかっと照らした。一瞬おぞましい光景が浮かんで、それを振り落とすように頭を振った。

しかし殺しとは……。夜明けの晩といえば、丑三《うしみ》つ時ぐらいのことか。

「で、誰なんですか、殺されたのは」

「よく分からねえが、看板娘の一人じゃないすかねえ。下手人は若い男だそうで。女の胸を鑿《のみ》で一突きしたてえんだから、最近の若えやつは……」

若い男が、女の胸を、鑿で一突き……！

「あの、捕まったんですか？」

「いや、捕まっちゃいねえ。まだ手配書も回ってませんや。あっしも、同心の長谷川《はせがわ》様から聞いたばかりでして」

岩蔵は先を急ぐらしく、きょろきょろ辺りを見回し、

「これからちょいと上野の現場をのぞいてくるんで、もし何だったら、後で寄りやしょうか」

必ず寄ってくれるよう頼んで、小走りで店に戻った。すっかり頭に血が昇って、足が宙に浮くようだった。

頭の中の稲妻に照らし出されたのは、清吉が、お寿々に、小刀を突き立てる光景だった。清吉のように行動力の乏しい、はかばかしくない男が、そんな大それた真似が出来るとは思えない。

まさかとは思う。だが話がどこか符合する。自分が余計なことを言ったがために、清吉はお寿々を追いかけ、話がもつれて凶行に及んだのではないだろうか。

何だか胸がどきどきしてきた。あり得ない、まさか、といくら自分をなだめても、悪い妄想が断ち切れなかった。こうなったら清吉を摑まえて、真相を確かめなければならない。

「市さん、あたし、ちょっと出かけてきます」

帯に挟んでいた財布や手拭いを巾着に移しながら、お瑛は言った。

「えっ、どこに?」

市兵衛は驚いたようだ。

「もうすぐ伊達屋のおかみとお嬢様が、お見えになりますよ」

午前中は、色や柄をお瑛に見立ててもらおうという予約のお客が次々とやってくる。うかうか店を空けてはいられない大事な時間帯だった。しかし自分のせいで、大事件が起こっているとしたら。そんな不吉な想像に耐えられなかった。

「あのお千沙さんの星之家で、人殺しがあったのよ、看板娘が殺されたって。何かお寿々ちゃんにも関係がありそうで心配なの」

お瑛は手短かに事情を話した。

「しかし、おかみさん、大騒ぎで今は店には入れませんよ」

「あたしは清吉さんに会ってくるの」

「親分の話を聞いてからにしなすったら？　被害者がお寿々で、清吉が下手人とは、まだ決まったわけじゃないでしょう」

「ええ、もちろん取り越し苦労だと思うの。でも、もし……そう決まってからじゃ遅いのよ」

「落ち着いて下さい、おかみさん。妙な関わりは禁物ですよ」

市兵衛は冷静に言った。お瑛がこの若い番頭の、冷ややかな落ち着きと計算が疎ましくなるのは、こういう時である。

お瑛の考えはずっと先に飛んでいた。信じられないが、あの清吉が事件に関わっているのは間違いないと思った。とすればみすみす岡っ引きに捕まる前に、自首させれば、刑の重さが違ってくるのではないか。

「手配書が回る前に、動かなくちゃ。伊達屋さんは任せるわ、若いお嬢さんは市さんの方がいいんだから……」

言いかけて途中で絶句し、視線が一点に釘付けになった。その目の方向を辿って、市兵衛は振り返った。

入り口に若い男が、立っている。手拭いで頬かむりしていた。

「清吉さん……」

お瑛は悲鳴に似た声を上げ、裸足で土間に駆け下りた。

「あんた、こんな所で何をしてるんですか。ぼんやり突っ立ってないで早く中へ……」

手をぐいと引っ張ると、ぱらりと頬かむりが解け、死人のような真っ青な顔がむき出しになった。目が合った。その充血した目を見て、頭の中をまた稲妻が走り、お瑛は確信した。間違いない。この男は人を殺《あや》めてきた。

「市さん、お民、あたしは留守だからね。誰が来ても、奥には誰もいないと言っておくれ」

啞然としている二人を尻目に、お瑛は慌ただしく清吉を奥の客間に押し込み、履いてきた雪駄を隠してしまった。


「さあ、話してちょうだい。一体、何があったのか」

差し向かいになると、ようやく柔らかい声でお瑛は言った。

「星之家の事件のことは、目明かしの親分から聞いています。清吉さんに、何か関わりがあるのかどうか」

「す、すみません、おかみさん」

いきなり清吉は畳に手をついた。

「すまないって、あなた、やっぱり……」

「はい、手前がやりました」

目の前に火花が散り、目眩《めまい》を覚えた。

まさかと思っていたのに、それが現実になるとは。夢を見ているのではないか、と思った。殺人を犯した者が目の前に正座し、罪を告白するというようなことが自分の人生にあるなんて。

「ついかっとなっちまって」

「弾みだったのね、お白州でそう……」

「いえ、殺《や》る気でした。せいせいしました、後悔はありません」

低い声できっぱり言う。

寺を出た時はその気はなかったという。ただ、ふだんから賭場に出入りしているため、鑿を懐に入れる癖があったのが災いした。すべて自分が悪かった、これから番所に出頭するつもりだが、その前にお寿々に話したいことがある。ところがどこに住んでるか分からないので、言づてを頼もうと、こうして蜻蛉屋を探して来た……。

「ち、ちょっと待ってちょうだい」

お瑛は途中で制した。

「それどういうことなの？　お寿々に言づてを頼むって。お寿々ちゃんは死んだんでしょ？」

「えっ、死んだんですか？」

清吉は目をむいてお瑛を見返した。

「あんたがやったんでしょう……」

「手前が刺したのはお千沙ですよ」

「ああ、お千沙さん」

全身の力が抜けていくようだった。そうか、相手はお千沙だったのか。

6

ことの発端は、お寿々がお千沙から給金を前借りしたことにある。

清吉に貢ぐ金ほしさに、最初は二両ほど借りた。それに利息がついてどんどん膨らんでいった。給金から天引きになるため、足りなくなってまた金を借りる。

とうとう五十両まで達した時に、お千沙が自ら清吉のもとに乗り込んできたのである。

「お前さん、浮世絵師の菱川清信だっていうじゃないか」

のっけからお千沙は言った。

「あたし、あんたの浮世絵、何枚か持ってますよ。色気のある、はんなりしたいい絵を描くよね。どう、もっと金になる絵を描く気はない？　ええ、枕絵を描いてほしいのさ。あんたならいいのが描けそうだ。もちろん菱川清信の名入りで、お手本はお寿々だよ。十枚一組で仕上げたら、五十両、ちゃらにしてあげる」

ただし、お寿々が手本だと分かるよう、星印のついた前垂れをかけさせる。それが条件だという。

「この道にうるさい好き者がいてね、絵の鑑賞会まで開いてるんですよ。誰を描いたかはっきりした絵は、値がはね上がる。だから貧乏人にはとても買えないんで、巷で妙な噂にはならない。好き者は口が堅く、好き者同士で情報交換するだけだからね。その代わり嘘偽りでない証拠に、絵師の名前と落款《らっかん》がなけりゃならない」

清吉は断った。

お寿々を手本にして枕絵を描くのは構わないが、星印を入れることで、本人と分かれば将来にさしさわる。自分の屋号を入れるのも嫌だった。

短いやりとりで、清吉が思わぬ頑固者だと見て取ったのだろう、お千沙が折れて、それでいいということになった。

清吉は十枚一組、きっちり仕上げた。仕上がりは美しく、大いに喜ばれたのだが、摺り上がった絵を見て清吉は愕然とした。その浮世絵には、星印も、絵師の名前と落款までが入っていたのである。

お千沙を問い詰めると、原画に手を入れ、落款はお寿々を脅して、こっそり持ち出させたという。

「文句あるなら、五十両耳を揃えて返しておくれじゃないか」

お千沙に凄まれて、なすすべもなかった。摺ったものは仕方ないとして、版木を返してほしいと申し入れた。重刷りして、これ以上広められたら困る。

すると、今度は星印も名前も落款もいらないから、お寿々を手本にして、危な絵をあと五枚描けば、返してやると言い出した。

もしお寿々に縁談が持ち上がったら大変なことになる、早く版木を回収しなければと、清吉はそれを請け負い、嫌々ながらもまた描き始めた。

そこへお瑛から、縁談が持ち上がっていることを聞いたのである。何とか頑張って残りを仕上げた。昨夜、星之家を訪ねたのは、それを届ける目的だったのだ。

清吉は水茶屋の離れに通された。部屋の障子は庭に向かって開け放たれ、蚊遣り火の煙が濃く漂っていた。

絵を改めたお千沙は、満足げに頷いた。

「よく出来てるわ。版木は返すから、まあ、少し遊んでお行きな」

すぐに酒と酒肴の載った豪華な膳が運ばれ、何度か中座しながらも、お千沙も付き合って呑んだ。

「ねえ、菱川清信と見込んで頼むんだけどさ」

お千沙がねっとりした声で言い出したのは、互いにほろ酔い加減になった頃合いである。

「あたしと組まない？　あんたの浮世絵は、評判が良くてね。おかげでずいぶん儲けさせてもらったよ。もっと作る気はない？」

「うーん」

清吉は渋った。そこへさらに次の膳と、お代わりの徳利が運ばれてくる。

「ああ、障子を閉めてお行き。しばらく誰も来させないようにね」

仲居が障子を閉めて遠ざかっていくと、お千沙は、そのまま隣りに躙《にじ》り寄ってきた。

「お寿々は嫁に行くから、もう使えませんよ」

「お前さん、いつまでお寿々にこだわってるんだい。あの娘はもう出がらしだよ」

酒臭い息を吐きかけ、身体を寄せて酌をする。

「うちじゃ、とうに次の看板娘を売り出し中なんでね。まだ十六歳の可愛いおぼこ娘だ。その子の腰巻きまくり上げたら、お寿々より売れるだろうよ」

「もう勘弁しておくんなさい」

「どうして？　その子はあんたの好きにしていいんだ、それにまた五十両が転がり込むんだよ。いい話じゃないか」

確かに、いい話かもしれなかった。

だがこのお千沙という女が信用できないのだ。原画に平気で手を入れるような女である。どんな罠があるか分かったものではない。たぶんそのおぼこ娘だって、江戸一番の水茶屋娘にしてやるとか何とか、上手い口車にのり、騙されて手本になるのだろう。

「確かにいい話ですが、手前は怠け者ですからね。こんな当てにならない男とは組まない方がいいですよ」

清吉はやんわりと固辞した。

「また、そんなことを……」

お千沙はしなだれかかって、清吉の股間に手を伸ばしてくるのだった。

「ねえ、分かってんだろう。あんたが気に入ったのよ、あたしと組めば、悪いようにはしない」

自ら襟元を大きくはだけ、清吉の手を胸元に誘《おび》き入れる。その胸はどきりとするほど真っ白で、むきだしになった見事な吊り鐘型の乳房は、おずおずした清吉の手の中でもだえるように揺れていた。

さすがにそそられた。いま腕の中にあるのは、熟れきった年増女の、今にも溢れ出ようとする情欲の塊《かたまり》だ。手を出せば、呑み込まれてしまいそうな妖しい禁断の花だった。

だが清吉は本能的に恐れた。お千沙は、若い娘たちをしゃぶり尽くす恐ろしい狼だ。組む気がないのに情欲に溺れては、みすみす毒婦の餌食になりかねないと分かりきっている。

清吉は自制した。版木の包みはすぐそばに置いてある。自分はこれを取りにきたのだ。これを持ち帰って燃やし、お寿々の前途に禍根を残さないことが、せめてもの自分の祝福なのだ。

今はそれ以上の望みはなかった。

「ああ、じれったい男だねえ。もっとここをぎゅっと揉んで、舌でねぶっておくれな」

お千沙は、清吉の手を乳首に導いた。

「お千沙さん、さっきの話は少し考えさせて下さい」

「何だい、まだそんなことを。あたしを抱いておくれ。あたしだって、抱かれたい男がいる。何でもしてあげるよ。ああ、ほら、あんただってその気じゃないか、あたしがほしいんだろう」

「と、ともかく……今夜は帰ります」

「なら、版木は返せないよ」

「ええ？　この危な絵を五枚描いたら返すと……」

「危な絵を描いたら、考えようと言ったのさ」

「そんな……」

「こっちだって、ずいぶん金がかかってるんだからね、もっと摺らなけりゃあ、元が取れないんだ。簡単には返せない。ここはあんたの出方次第ってことさ」

「それじゃあ話が違う」

胸元から手を引っ込めて清吉は言った。たちまち興ざめして、欲望も引っ込んだ。それが、お千沙の誇りを傷つけたらしい。

「違うも違わないもないじゃないか。もともとお寿々はお払い箱寸前だったんだ。借金があったから使ってやったのに。おまえさん、恩を仇で返す気かい、縁談の相手にあの枕絵を送りつけたっていいんだよ」

お千沙は襟を掻き合わせながら、毒づいた。顔は血の気が引いて青ざめ、目は吊り上がっている。

「脅すんですか」

「ああ。あんた、菱川清信って言ったっけ、枕絵しかまともに描けない技量《うで》で、名人風吹かすんじゃないよ。誰のおかげで売れたと思ってる。枕絵師なんて掃いて捨てるほどいるんだ」

「…………」

「この話はなしだ。さあ、とっととお帰りな」

清吉は黙って立ち上がり、版木の包みをわし摑みにした。

「おや、盗んでいく気かい、こん畜生、それは置いていきやがれ」

お千沙は叫びたて、足にむしゃぶりついてきた。

「泥棒だ、誰か来ておくれ……」

悲鳴を上げかけた喉首に手を回し、絞め上げた。

お千沙は思いがけず力が強く、もがきながらも必死で組み付き、手足を絡ませてくる。くんずほぐれつの凄惨な摑み合いになった。

その時までは殺す気などなかった。だが清吉が上になった時、胸の中で何かが爆発した。殺れ、殺るんだ、という声が聞こえた。無我夢中で懐から鑿を取り出し、渾身の力をこめて胸に突き立てた。

その瞬間、清吉は殺意の塊となっていた。

お千沙を蹴り倒し、版木を持って逃げようと思えば逃げられたのだ。だが、この女を生かしておきたくない。刺し違えてもいい、殺すんだ。胸の底で爆発した憎しみと怒りがそう命じ、振り上げた鑿を、ためらいもなく振り下ろさせたのである。

女がぐったりすると鑿はそのままにして起き上がり、版木と、持ってきたばかりの危な絵を抱え、後も見ずに庭に飛び出した。

それからどこをどう辿ったか分からない。ともかく何とか寺に戻り、版木と危な絵を燃やしたのである。

「おかみさん、お寿々にそのことを伝えてほしいんですよ」

話し終えて、すっきりしたように清吉は言った。

「もう、縁談の邪魔をするものはないとね」

7

星之家の近くの自身番まで出頭する清吉に、お瑛は連れ添った。店に帰ってきた時はもう夕方になっていた。

「あ、おかみさん、お寿々さんと会わなかったですか？」

お民が転がるように戸口まで出てきて言った。お瑛たちが出て行った後、入れ違いにやってきたという。

市兵衛が知っている限りのことを話してやると、お寿々は血相を変え、すぐ後を追って飛び出して行ったらしい。

お瑛は頷き、誰にともなしに呟いた。

「そりゃそうよね。何だかんだ言っても、お寿々ちゃんはよそに嫁ぐ気なんて、はなっからないのよ。ずっと前から清吉さんのお嫁さんだったんだもの」

そのことを、どうして先ほど清吉に言ってやらなかったのだろう。お瑛は今、それを後悔している。

この清吉に、あの百戦錬磨の毒婦まで心を奪われた理由が、今は分からないでもない。業の深い女であればあるほど、あのような無慾の男に浄化されたいのかもしれない。

でもあたしは違うわ……とお瑛は思う。あたしはもっと頼りがいのある男でなければだめ。

けれども、と少し胸が疼《うず》かないでもない。そのあたしが、何故あの男のために、こんなに走らされ振り回されたのかしらと。

もしかしたら女は、あの煮えきらない男の中に秘められた火種、いざとなれば殺人も辞さない爆発的な情熱を、敏感に嗅ぎとるのかもしれなかった。

暖簾を下ろしに外に出ると、暮れ六つの鐘が鳴っていた。

西の空がまだ残照に赤く映えている。明日は晴れだ。夜はさぞや美しい天の川が見えるだろう。

清吉はいずれお裁きを受けることになるが、死罪にまではならないと確信していた。お千沙という毒虫に血を吸われた女は、数知れずいるはずだ。この水野様の世の中、その悪名はすでに轟《とどろ》いているだろう。

悪女といえど殺していいわけはないが、ああした形で成敗しなければ解決がつかなかった事情を、お奉行様が斟酌《しんしゃく》しないわけはない。

お寿々はいつか、きっと清吉に会える。それまでは機織姫のように待つのよ。

そうだわ、とお瑛はふと思いついた。お寿々の美人画がどこかにあったっけ。あれを探し出して、笹竹に飾ってみようかしら。

お瑛も、星に願いをこめたかった。あたしにも、お寿々と清吉ほどに惚れ合う相手が現れますように——。

六の話　葛《かずら》橋

海は荒れていて潮鳴りが轟いていました。

砂丘にはグミの茂みが群生し、茫々と地の果てまで続いているようでした。灰色の雲がたれこめた海原を左に、雀が飛び交うグミの原を右に見て、北に向かって歩き続けました……。

そう男は語った。

自分は加賀の陶工だが、故郷を捨てて逃亡した脱藩者であると。

その故郷とは、山々に深く囲まれた加賀と越中の国境にある猿渡《さわたり》郷だった。川では鮎や岩魚が獲れ、山は茸や山菜の他に、磁石を含む良質な陶土を産み出した。

この土で焼かれた色絵磁器は、美しい上絵で名高い九谷焼である。猿渡窯で焼かれるから猿渡九谷とも呼ばれる。その白地に五色を鮮やかに焼きつける技法は、藩外不出の秘法として守られていた。

山麓の斜面に築かれた連房式の登窯《のぼりがま》は、加賀藩の支藩によって営まれる藩窯である。秘法の流出を恐れるこの豊浦藩は、腕のたつ陶工を草深い山里に集め、陶工村を作っていた。それが猿渡郷である。

そこに迎えられるのは有能な人材に限られ、暮らしはいっさい保証される代わり、勝手に外出することは許されなかった。

この焼き物の聖地と外界をつなぐ橋、それが葛橋だ。昔は葛で編まれた、猿しか渡れないような細い橋だったという。

今は荷を運ぶ大八車が何台も通れるしっかりした橋になっている。だがその橋には小さいが厳重な関所があって、鑑札を見せずに自由に渡れるのは、猿ばかりである。

その男は、陶工の着る紺筒袖の作業衣に身を固め、葛橋の下を流れる険しい渓谷を下った。

山越えして越中に逃げ込んでしまえば早いが、山狩りされて犬に嗅ぎつけられる恐れがある。川を下れば匂いは消える。

川は必ず海に流れこんでいるはずだ。それが加賀の海か越中の海かは、賭けだった。この渓谷は急流で下に幾つも滝があり、下るのは不可能と言われている。だが浅瀬では沢を渡り、時には岸辺の茂みをかき分け、深い所は筏を組んで川面を下り、断崖は這って伝い下りた。

三日三晩が過ぎた頃、樹間に濃紺の海が見えた。場所がどこかは分からなかったが、遠くに切り立った連山が見え、太陽がその山から昇り、越中側に出たのが分かった。

海岸線に沿ってしばらく歩き、やがて粗末な人家に辿りついたのである。

なぜ逃げ出したのか。まあ、そこのところを少し聞いて頂きたいのです、と男は言った。

1

お天道様が高くならぬうちにと、お瑛は朝飯もそこそこに家を出た。町はもう気ぜわしくざわめいていた。

近くの稲荷神社の祭礼で、明け六つ（朝六時）に木戸が開くや、露店を出す香具師《やし》らがどっとなだれ込んでくるのだ。

ふだんはひっそりしている路地裏に、もう人が出ていた。祭り囃子が鳴り響き、色とりどりの幟《のぼり》をはためかせて屋台が並んでいた。

だが十六夜橋あたりまで来ると人影はない。

降るような蟬しぐれに太鼓の音もかき消され、川べりに向日葵《ひまわり》が群がって咲いている様は、真夏を思わせた。

「おっかさんが早く治りますように」

お瑛はそう念じてお地蔵様に花と水を供え、手を合わせる。

梅雨から真夏への変わり目のせいか、義母の容態が思わしくなかった。だがどんなに悪くても、お豊には生きていてもらいたい。

商売をしていれば、自分一人ではどうしていいか分からぬことが、次々と襲いかかってくる。隙あらば食い物にしようと狙う毒虫どもが、周囲には山ほどいるのだった。

そんな時はお豊が頼りだ。問えば、何かしら言葉が返ってくる。それがある限り生きられる。

昨日もお瑛の留守中に、正体不明の男が訪ねて来た。十日ほど前にも一度現れた若い男で、乙吉《おときち》と名乗った。

応対に出た市兵衛が、主《あるじ》は留守だから手前が聞きましょうと言うと、お前じゃ分からねえ、と捨て台詞を残して去ったという。

最初に現れた時はお瑛が応対した。お日様を浴びたことがないような青白い顔で、鼻先だけ気味悪く赤らみ、小指の先がなかった。

弥太郎《やたろう》の友達だがおふくろさんに会わせてくれ、と言う。弥太郎とは、お豊の行方知れずの息子の名である。

「弥太の貸しを払ってもらいてえんでさ。あっしに五両借りっ放しで、逐電しやがった。こりゃあおふくろさんに引導渡すしかねえ」

母は病気で誰にも会えない、とお瑛は断った。するとじろじろ眺め回して、妹さんですかい、あんたが払ってくれてもいいんだぜと言った。

お瑛は相手を睨み、わざと伝法な口調で言った。

「昔、確かにそんな名の兄はいましたがね、もう縁の切れたお人です。どんな不始末をしたにせよ、あたしらが払う義理なんてありゃしない。ちなみに証文はあるんですか？」

するとぺっと土間に唾を吐いた。

「あっしら、そんなもん書かねえよ。ダチを信用しての口約束でさ」

「証文がなけりゃ、お話になりません。それに唾を吐くのはやめてくれませんか。ここはどぶ板じゃないんだから」

押し問答のあげく、やっとその場はお引き取り願ったのだ。

たちの悪そうな男だったから、女所帯と侮《あなど》ってまた来るだろう。次は、さらにしつこく食い下がるだろう。

おっかさん、どうしたらいい。そう心で訊いてみる。だが生身のお豊には、とても相談できなかった。


帰りは少し遠回りした。

祭りの装いを整えた神社の近くには、賑々《にぎにぎ》しく屋台が建ち並んでいる。その前でも、何かねだって泣き喚いている女児がいた。

親に思い切り甘えた覚えのないお瑛には羨ましい光景で、思わず足を止め、微笑んで眺めていた。その時、そばの石段を駆け上がっていく男の姿が目に入った。

おや、と思っているうちに、少し遅れて駆け抜けていく男がいた。朝っぱらから捕り物だろうかと、その後を見送った。

石段を駆け上がっていった男に、お瑛は何となく見覚えがある。背は高くないががっしりと肩幅のある後　姿《うしろすがた》が、店にたまに来る客に似ているような気がした。

だがあの人が、こんな時間、こんな所にいるはずはない。そう思って、お瑛は少し手前の横道にそれた。どろどろ鳴り響く太鼓の音が急に遠のいた。

思いがけない男が店頭に立ったのは、神輿の行列が賑々しく通っていった八つ（午後三時）過ぎである。

市兵衛は届け物で外出しており、お民はあの行列の中で踊っていた。お瑛は一人きりで店にいて、遠いお囃子を聞きながら刺繡を広げていたところだ。

「まあ、常《つね》さん……」

思わず目を丸くした。遊び人ふうの着流しに角帯という、見慣れないいでたちである。これがあのいつも尻端折りをした加賀の商人か？

「とうに国に帰っていると思ってたのに」

前にかれが来たのは梅雨の初め頃だったから、一ヶ月以上もこの暑い江戸で何をしていたのか。

「そう幽霊みたいに見ないでおくれやすな」

汗にまみれた馬面をひしゃげるようにして、常吉《つねきち》は笑った。

「帰りそびれてうろうろしてましてん。いったん機を逃すと、この町じゃ迷子になってしまいそうだ」

そういえば、いつかこぼしていたっけ。このお江戸には何かと用が多くて、一度来るとなかなかすぐには帰れまへんと。

「きっといい人でもいるんでしょう」

戯《ざ》れ言《ごと》を言うと、少し口を歪めて笑った。

「ならいいんですが、野暮用ばかりで。近くまで来たんで、おかみさんの茶を一杯馳走になって帰ろうと……」

「まあ、お上手だこと。お茶ならいつでも」

いそいそとお茶を入れ始めたが、少しばかり常吉の視線が気になった。店内を探るように這い回り、しきりに奥の方を気にしているようだ。心なしか、一ヶ月前に会った時より頰が削げて、殺気立っているようにも見えた。

微かな疑いが胸をよぎった。常吉は、誰かを追ってきたのではないか。ここにその人物が逃げ込んだかと、探しに入ったのでは。

「どなたかお探しで?」

さりげなく言ってみた。

「いや、なに……」

常吉は首を振り、美味そうに音をたててお茶を啜る。

「この先で、古い知り合いを見かけたんですわ、この人出じゃとても追っつかなくて……」

先ほどのちょっとした〝捕り物〟が思い浮かんだ。あの時みかけたのはこの常吉ではないが、あのことと何か関係あるだろうか。

常吉は年に一、二回、加賀の支藩から焼き物を背負ってやってくる商人だ。もうこ数年に及ぶ取引相手である。

真っ黒に日焼けして年齢不詳だが、四十は超えているだろう。

運んでくるのは猿渡九谷といって、ここしばらく江戸で評判になっている色絵磁器だった。

そもそも九谷焼とは、江戸初期に、加賀は大聖寺藩九谷村に登場した陶磁器で、豪華絢爛な絵付けと色使いを特色とする。それが五十年ばかりで突如、歴史から消え大きな謎を残した。

それから約百二十年後の文化期に、九谷焼が加賀の各地で再興され始め、初期の九谷は古九谷と呼ばれるようになった。

猿渡九谷はその再興九谷である。

すべての陶磁器の中で、お瑛はこの焼き物が最も好きだった。黄、緑、紺青、紫、赤の五彩を鮮やかに使い分けていて、見る者をしばし桃源郷に誘う。その皿や茶碗を見るたび、彼方に引き寄せられる思いがするのだった。

こんな器を生み出す陶工はどんな豊かな人たちだろう、どんな桃源郷に住んで、どんな暮らしをしているのか――。

この江戸にいて、いつもそんな思いを馳せる遠い場所、それが加賀の猿渡郷なのだった。

そこは本当に猿が渡る山深い里だと聞く。

良質の陶土を産出するので、窯の多くは藩の管轄下にあり、そこで焼かれる陶磁器の大半は藩に献上されるという。常吉が江戸に運ぶのを許されるのは、献上品の残りと民窯で焼かれるもので、かれは藩と陶工をつなぐ御用商人だった。

お瑛がかれを知ったのは、ぜひこの店に置かせてほしいと、持ち込んできたからである。おかげで蜻蛉屋は、町人には珍しい猿渡焼を扱う、数少ない店になったのだ。

お茶をゆっくり呑み終えると、常吉は腰を上げた。

後を送って店の外まで出てみる。通りには溢れるばかりの人出だったが、店に寄る客は数えるほどだ。今日はもう早終いして、ぶらりと縁日にでも出てみようかしらと思っていると、ぽんと背後から肩を叩かれた。

2

「おかみさん、お出かけですかい」

振り向くと、藍縞の単衣に角帯を締めたあのやくざ者が、片手を懐に入れにやにや笑っている。どうやらお瑛が一人になるのを見計らっていたようだ。

「昨日来たんですがね、番頭さんに追い返されちまってよ。あっしはただ貸したものを……」

辺り構わず大声をあげるので、口をふさぐために慌てて店に押し入れた。

「乙吉さんて言ったかしら」

店に入るとお瑛は向き直り、鬢のほつれを直しながら言った。

「何度来なさっても、あたしはびた一文払いませんよ」

「ほう、そうですかい。じゃおふくろさんに会わせてもらえますかね。腹を痛めた子の不始末だ、黙って見過ごしはなさるめえ」

「何度申し上げたら覚えてくれるのかしら、母は病気なんですよ」

すると乙吉はいきなり何か喚き、小物入れの籠をひっくり返して、反物の見本台を蹴り倒した。

「確かにおれは物覚えが悪いがな、あんたも話の分からねえ人だな。びた一文払わねえだと？　それで済むと思ってんのかい」

「あたしらに、払う義理はないと言ってるんです」

「被害を被ってるのはあっしですぜ。弥太郎ってやつは、賭場じゃ名うての悪党だ。喧嘩の弥太といや知らねえものはいねえ。日本橋にこれだけの店を張っていながら、そんなやくざな身内を庇い、人を泣かせて平気なのかい。そっちがその気なら、こっちにも考えがあるさ」

ぺっと土間に唾を吐くと、手の届く所にあった高価な反物を、土間に放り出すしぐさをした。

「こんな店、いつだってめちゃめちゃに出来るんだぜ。夜中に火をつけりゃもっと簡単だ……」

「唾を吐くのはおやめなさい！」

お瑛は金切り声をあげた。

「商品を汚したら弁償してもらいます。これから一緒に自身番に行こうじゃないの」

「おう、どこでもお供するぜ。だがあんたはいいのかい。証文はねえが、弥太郎の悪業を洗いざらい喋りゃ、お上はなんと思うか。ケチな額を惜しんで天下に赤恥かく気かどうか、ここはちっと算盤《そろばん》はじいてみるんだな」

お瑛は足が震えた。

五両ですむのだ。ことを大きくするより、おとなしく払ってしまった方が得策ではないか。そんな弱気が、蜥蜴《とかげ》の舌ほどにチラと胸を舐める。今まで頑張ってやってきたのに、こんなことで世間の信用を失ってはたまらない。

しかし……。一度払ったら足元を見られ、またゆすられるに違いない。だが払わなければ、このまま黙っては引き下がるまい。

汗がじっとりと背中に滲んだ。遠い祭り太鼓が、耳の中でがんがん響くようだった。

ああ、おっかさんと話してみよう。いい知恵を授けてくれるかもしれない。ふとそんな考えが思い浮かび、木の葉に手をのばすようにそれにすがった。

「あの、明日まで待って……」

「そりゃ払ってくれるんなら、待たねえでもねえが、こっちにも都合がある。一両だけでも先に」

「おっと待った」

突然、そんな声がしたので、お瑛も乙吉もぎょっとなって入り口に目を向けた。ぬっとそこに人影が立ち、暖簾を手で分けるようにして入ってきた。

太い眉が凛々しい、がっしりしたあの建具職人だった。

ああ、今朝、神社の石段で見かけたのはやはりこの人だ、とお瑛は思った。

「おかみさん、びた一文払っちゃいけません。一度でも脅しにのったら、骨のずいまでしゃぶられる」

「何だ、てめえは」

相手が武士ではなく、自分とたいして年も違わない若者であり、微かに語尾に訛《なま》りがあると見て、乙吉は居丈高にわめいた。

「通りすがりのただの客ですがね、あこぎな声が外まで響いた。たいがいにしなさいよ、兄さん」

「冗談じゃねえ。どっちがあこぎでえ、善意で貸した金を踏み倒されたんだ、取り立ててどこが悪いってんだ」

「取り立ても度を越すと強請《ゆす》りたかりだ。まずは証文を見せるのが筋ってもんだろう」

「証文証文と、女郎の起請《きしょう》じゃあるめえし」

「証文がなけりゃ、とどのつまり強請りだな」

「野郎、言わせておきゃ」

乙吉は懐から光るものをちらつかせ、竹次郎にぶつかっていく。竹次郎はがっしりした身体を敏捷にひねった。乙吉は前のめりに泳いでその辺りの物を凪ぎ払った。ガシャンと花瓶が音をたてて土間に転がる。ちくしょうと呻いて乙吉が再び突きかかる。

竹次郎はひょいと身を寄せ、相手の右手をねじ上げた。

「こんな所で匕首抜くとは、兄さん、よほど詰まってるな。条件によっちゃ、この竹次郎が用立てないでもないんだが……」

立ち竦んで見ているお瑛ははらはらした。この建具職人に、そんな経済力があるとも思えないのに、何を言い出す気だろう。

「条件？　何だよ、それ」

すぐ乙吉が目を光らせて乗ってきた。

「二つある。一つは証文を書いてもらいたい。五両受け取ったから、もう二度とこの店には寄りつかないと」

「誰が来るかよ、こんなしけた店。金さえ戻りゃいいんだ」

するとと竹次郎は、おもむろに懐に手を入れ、布に包んだものを取り出し、上がりがまちに置いたのである。

「これをしかるべき道具屋に持っていきな。五両はかたい」

「ちっ、何だい、金じゃねえのか。だめだだめだ」

乙吉は唾を吐き、甲高い声を上げた。

だがお瑛は息を呑んだ。竹次郎が黙って包みを開くと、そこに抹茶茶碗が現れたのである。小ぶりだが、鮮やかな色づかいと大胆な模様が、それを大きく奥深いものに見せている。

乙吉より先に、お瑛がそれを手に取った。表の模様を見、裏を返して見て、みるみる顔が引き締まってくる。

「竹次郎さん、いけません」

お瑛は悲鳴のような声をあげ、茶碗を竹次郎に押し戻した。

紛うかたなくこれは猿渡九谷、それも藩窯で焼かれた献上品であろう。糸底には、名工の名が焼き込まれている。

これほどのものを、まだ二十代半ばらしい建具職人が、どうして持っているのか。そんな疑いが鋭く脳裡を駆け抜けた。

また思い出したのは、あの捕り物だ。常吉は誰かを追っていたらしい。これを奪われたため、追っていた……？　一瞬そう思ったが、いや、まさかと思い直す。泥棒など、この人に限ってあり得ない。

「それにこれはただの猿渡九谷じゃない、初代圓次郎《えんじろう》じゃありませんか。どうかお納め下さいまし。お金は何とでもしますから」

「払っちゃだめですよ。ここは筋を通さねえと」

「でも……」

「ここは任せてほしい。その代わり、おかみさんには折り入って頼みたいことがある」

「おいおい、お二人さん、猿芝居やってんじゃねえんだろうな。何だよ、そのサワタリ焼たあ」

乙吉はお瑛の真に迫った剣幕に押され、茶碗を見る目が険しく変わってきている。

「道具屋に行きゃ分かる。名の通った店に行くんだな。ただ、四、五日だけ待ってくれ。それが二つめの条件だ」

「何だよ、これを見せたとたん手が後《うしろ》に回るってんじゃゃ……」

「ははっ、金輪際それはないね。万一訊かれたら、借金のかたに受け取ったと言ってくれていい。ただし五両以下じゃ手放すな」

竹次郎があまりに自信ありげに言うので、乙吉もその気になったらしい。半信半疑ながら金釘流で証文を書き、〝乙〟と署名を入れ、茶碗を大事そうに懐に入れて出ていった。

顔を見合わすと、竹次郎は感傷を排するように言下に言った。

「おかみさん、まずは店の戸締まりを……。誰かに入って来られちゃまずい」

お瑛は言われるまま手早く表戸に錠をおろし、燭台の火を手燭に移してかれを奥の部屋に導いた。

「助かりました。有り難うございます」

お瑛が沈黙を破ったのは、お茶を出す時である。相手に何と言われるかと身構え、硬い声でつとめてそっけなく言った。

「あたしに何か頼みがおありだそうだけど、あれだけの物に見合うことが、できるかどうか……」

「何を言いなさる。首尾よく常吉のおやじさんに会ってもらえたら、惜しくも何ともない物です」

「常さんに会う？」

お瑛は息を呑み、まじまじと竹次郎を見つめた。狼狽を隠せなかった。どうやら自分の予想は当たったらしい。この人はあの茶碗のことで、常吉と連絡を取りたがっている。かれを見つめる表情がだんだん険しくなるのを感じた。

「常さんなら、八つ過ぎにここに見えました。何だか血相変えて、誰かを追いかけてるみたいだったけど。もしかしてあの初代圓次郎は、常さんから手に入れなすったの？」

はっとしたように竹次郎は顔を上げ、物問いたげな目でお瑛を見返した。

「あれがもし盗品だとしたら、あたしは……」

「おかみさん、よしてくださいよ」

初めて笑いをこらえる表情でさえぎった。

「確かに、ここに逃げ込んだのは、常吉おやじに追われたからですがね。盗みで追われたわけじゃない。あの圓次郎は、正真正銘、この竹次郎の物ですよ。国を出る時、路銀にするつもりで持ち出したんです。他の器は金に替えたが、あれは……はっきり言って名品すぎてねえ。いや、惜しいわけじゃない、足がつくのが恐ろしかったんです……」

お瑛は黙り込み、訝《いぶか》しむように見返した。一体この人は何者なのだろう。どうしてこうもはったりめいたことばかり言うのだろう。

竹次郎は苦笑したまま続ける。

「自分は陶工なんですよ、加賀猿渡のね」

あっと思った。閉店間際にそそくさとやってきて、器をじっくり見る姿が今更に目に浮かんだ。

「知っていなさるかどうか、猿渡郷の陶工は、土地に縛られてましてね。離れることは御法度なんです。勝手に出た者は逃亡者と見なされ、草の根分けて追われます」

「どうしてまた……」

「ワザのある陶工は武器を持ってるのと同じでね、よその藩に逃げ込んで、自分の藩を滅ぼすことも出来るんです」

加賀藩から分封された豊浦藩は、脆弱《ぜいじゃく》な藩の経済を九谷焼によって支えているのだ。鮮やかな色出しの技法は藩の機密とされ、陶工は手厚く保護され、流失を防衛していた。そうした自衛策は、どこでも取られていたが、薩摩、肥前、加賀あたりが特に厳しいという。

「江戸に逃げ込んだと分かると、江戸屋敷の諜報組織が動き出す……。しょっちゅう江戸に出入りしている御用商人は、つまるところは隠密です。連中は商人の顔をしてますがね、あの常吉おやじは、隠密の頭領ですからね」

「えっ」

隠密。その響きにお瑛は震え上がった。

「連中は、藩の隠密を使って炙り出し、容赦なく斬り捨てる」

「でも常さんは、とても面倒見のいい親切な方ですよ。江戸に出てくると、国からの便りを届けたり、焼き物の評判を調べたりするんで忙しいと……」

「そう、そうなんです。国にいれば、窯元を見て回っては、あれこれと実にこまめに相談に乗る。だからおやじさんと呼ばれて慕われてるんです。ところがひとたび任務となると、まるで違う顔になってしまう。この竹次郎もあの人に追われる身でしてね、追い詰められて、いい加減疲れました。もう、一年近くになるんだから」

3

竹次郎が加賀を出たのは、去年の九月初めだったという。

夏の名残りの緑濃い渓谷を下り、荒れる海を北に見て歩き続け、漁師の家に辿りつ いた。ここで干物作りを手伝い、畑の穫り入れを引き受けたりしてしばらく様子を見た。

九月の半ば過ぎ、薬売りに身をやつし、門徒衆の一団に加わって、出発したのである。越中から糸魚川街道に抜け、中山道を通って、予定どおり雪のくる前に江戸に入った。

豊浦藩の江戸屋敷は築地にあったから、しばらく千住や品川など、へんぴな町の旅籠を転々としながら、まずは江戸の町に馴れた。すなわち地理を覚え言葉に馴染むことに時間をかけたのである。

年を越す頃には、江戸入りを嗅ぎつけられたらしい。目に見えぬ非常線が張られたのが分かった。古道具屋に猿渡焼を持ち込むと身元を質《ただ》されるようになった。持ち出した陶磁器を生活費のために換金すると見て、藩はその筋にまず網を張ったのだ。しきりに旅籠を嗅ぎ回る者もいた。

幸いあの漁師が、困った時のために、遠縁にあたる建具屋の住所を教えてくれていた。神田大工町まで訪ねるとちょうど前任者が辞めたばかりで、空いた裏店に入れてもらえた。元来が器用で、子どもの頃から木材を扱うのに馴れていたから、単純な作業を回してもらえば結構こなすことが出来た。

だが作業の合間をみては、かねてから聞いていた猿渡焼の取り扱い店を密かに訪ね回った。中でも蜻蛉屋は神田に近く、また江戸屋敷に近すぎてかえって監視の目がないことが分かった。そこで暇をみては立ち寄ることにしたのである。

なぜ危険を冒してそんなことをしたのか。常吉の動きを探るためだった。常吉の江戸入りを知ったのも、螭蛉屋である。

常吉は、竹次郎がどうしても知りたいある秘密の鍵を握っていた。その後をつけ回せば、糸口が摑めるに違いないと考えたのだ。

「そのために故郷を出たわけですね」

やっと話がつながって、お瑛は小さく頷いた。だが繋がったのはわずかにそこだけで、さらに大きな謎が口を開いた。

お瑛の無言の問いに答えようとして、竹次郎の顔にふと苦悶の表情が走った。

「じつは手前には、おりんという許嫁《いいなずけ》がおりまして……」

竹次郎はさらに語る。

私が生まれたのは、猿渡焼の民窯が点在する加賀の僻村《へきそん》でした。

両親とも早くに他界して、物心つく頃には窯匠の叔父のもとで、見よう見まねで土をこねていたのです。

そんなガキの時分から胸に温めていた夢、その一つはゆくゆく叔父の窯を継いで名のある陶工になること、もう一つは幼なじみのおりんを嫁に迎えることでした。

おりんは子どもの頃から縫い物が上手く、母親をよく手伝う孝行娘でした。その黒目がちなくりっとした目で見つめられると、どんなことでも許してしまいたくなる器量良しでもありました。

「おりんがずっと側にいてくれたら、他に望むことは何もない」

「きっとおまえ様の女房にしておくれね」

そう言い交わしたのは、初めての夜這いで忍んで行った夜のことで、私は十七、おりんは十四でした。

ところがその翌年、絵付けの技法を学ばせるため、藩が金沢の狩野派の画塾に若い陶工を派遣することになり、私がその一人に選ばれたのです。

一年余で帰藩すると、さらなる栄誉が待っていました。かねてから憧れていた猿渡郷の三代圓次郎に弟子入りを許された――すなわち葛橋の向こうに迎えられたのです。猿渡郷の陶工になるのはたいそう名誉なこと。暮らしは束縛されても、心ゆくまで作陶に打ち込めるのですから。

名工になって、後世に残るような名品を産み出したい――そんな情熱と野心が、若かった私の心をあの聖地へと駆り立てたのです。朝から晩まで作陶に打ち込めさえしたら、外出禁止なんて、何ほどのこともない。

自由なんて、揺るぎない名声を得てしまえば、視察などの名目でいくらでも手に入れることができる。圓次郎窯に招かれ、私は二つ返事で弟子入りし、二十歳で葛橋を渡ったのでした。

私は夢の実現に打ち込み、自分でいうのも変ですが、めきめき頭角を現した……と思います。

一方、おりんと所帯を持つという夢も、少しも変わらず胸にあったのです。おりんと一緒であれば、がんじがらめの暮らしもまた、楽しかろう。一生、葛橋の向こうに閉じ込められて暮らしてもいいとさえ思った。

婚礼が決まったのは二十二の春でした。日取りは三月三日。雛祭りの日に、いよいよおりんは橋を渡って来ることになったのです。

挙式は、窯匠すなわち三代圓次郎宅の広い座敷でした。

その日、自分は紋付袴に威儀を正し、花嫁の到着を待っていました。郷に住まう陶工は二十数人、そのほぼ半分が所帯持ちです。

皆、かみさん連れで総出でここに集い、賑やかな祝宴が始まりました。ところが待てど暮らせど、嫁入りの行列が到着しないのです。せいぜい四里くらいしか離れていない隣村から馬で来るのだし、雪ももうないのです。

何があったのか見当もつかず、とうとう親方は人を迎えに行かせました。じりじりして待っているところへ、耳を疑う報せが届いたのです。花嫁は朝から姿が見えないという。もしかしたら神隠しにあったか、天狗にさらわれたに違いないと。

それを聞くや私は紋付をかなぐり捨て、馬に飛び乗って、夢中で走りました。神隠しとは一体どういうことなのか、それを確かめないことには、居ても立ってもいられなかったのです。

葛橋の関門を破って駆け渡り、おりんの家まで一気に駆け続けました。ひっそり閉ざされた表戸をそれこそ蹴るようにして飛び込むと、家には老女が一人ぽつんといるだけで、よく吠える飼い犬さえもいなかった。

老女がおろおろして言うには、家族は皆、捜索に出払っていると。

この辺りの花嫁は、婚礼の日の未明にたった一人で出かけ、神社の奥の滝に打たれて身を浄める風習があります。おりんも朝起きてすぐ、さらしの白衣に綿入れを羽織って滝に向かったのだが、そのまま帰ってこなかったという。家族総出で探し回り、滝壺まで浚《さら》ったのだが、滝の入り口に赤い綿入れが落ちていただけで、その姿はどこにもなかったという。

この辺りの山は立山連峰の裾野に続き、深く険峻のせいか、何かと怪異な噂があるのでした。山菜摘みに山に入った人が帰らないと、神隠しとか天狗のことが、繰り返し囁かれる土地柄です。

今度も、天狗の仕業だと、皆は恐ろしげに噂し合ってました。

それから続くただただ呆然自失の日々……。

消えた許嫁を探しに山に入ったこともある。熊か狐に引かれたかと、深い山林を彷《さま》徨《よ》い歩いたりもしました。仕事も手につかず、ただ悶々とするうち、出入りの商人から思いがけない噂を聞きました。

「おりんさんは江戸に逃げたんやで」

何だって？　私は声を荒げて反発しました。到底信じられる話ではありません。おりんとはすでに浅からぬ関係でした。あれだけ激しく情を交わし、将来を契り合った相手です。この自分を置いて、遠い江戸に出ていくはずはない。そんな次元の関係ではなかったのです。

あまりに無惨な噂に打ちのめされ、私は酒に溺れました。そんな哀れな男に、周囲の人々は限りなく優しかった。

おりんのことはもう忘れろ、と皆言ってくれました。忘れさせるためか、あらぬ噂をまことしやかに囁く人さえいたほどです。

「ああ見えて、えらい奔放な娘さんやったぞ」

「竹さんという許嫁がいながら、夜這いに来る男を拒まなかったそうやないか」

「誰かと駆け落ちでもしたんと違いますか」

その噂を聞いた時も頭に血が昇り、監視人つきで葛橋を渡って、おりんの母親を訪ね、問い糾《ただ》しましたよ。母親はおりんによく似た細面の顔を横に振り、そんなことは絶対ない、と断言した。

「おりんには主《ぬし》さましかおらんかったのう。猿渡郷に嫁入りするのをどんなに誇りに思うとったことか」

ではいったい何があったのか。二人でこの郷に閉じ込められるのを、あれだけ楽しみにしていたおりんである。山の神が攫《さら》ったという超天然の力以外に、何が考えられるだろうか。

やがて山里にも遅い桜の季節が巡ってきましたが、私は誰にも心を閉ざして黙々と土をこね、夜は浴びるように酒を呑んで寝てしまう毎日でした。ある夜など、夜桜を前に篝火を焚き、一人で酒を呑み明かして、冷たくなってぶっ倒れているところを発見されたこともあった。心底、死にたかったのです。

今となっては、こんな狭い郷で息が詰まりそうだった。

ところが一陣の風とともに桜も終わった頃に、縁談が持ち上がったのです。相手は三代圓次郎の長女で、十七になる佐世《さよ》でした。

「お佐世と結ばれたら、竹さんは名実ともに、圓次郎窯を継ぐにふさわしい立場になろう。親方もそれを望んでいなさるよ。お佐世こそいい嫁になるだろう。いい陶工になるにはいい嫁をもらうことだ」

言われて改めて見直せば、器量は十人並みだが、控えめな愛らしい娘です。白い襟元に女らしさが匂いたち、ふっくらして娘ざかりでした。おりんしか目に入らず、身近な佐世にはまるで無関心でした。ねんねえとばかり思っていたのです。

私は若い精力をもて余していました。

その人に強く薦められるまま、ある雨の降る夜、部屋に忍んでいったのです。闇の中で抱いた佐世の肉体は、まだ幼さの残る顔とはうらはらに成熟し、情熱的に私を迎えてくれました。ところがそれがかえって、おりんを思い出させてしまったのです。

おりんはいつでも、待ちくたびれたように燃え上がって私を迎えたものです。今はおりんが欲しい。おりんでなければ駄目だ。そう肉体が正直に反応してしまった。つまりその夜、私は男として全うすることが出来なかったというわけです。

4

その頃ですよ、あの噂を聞いたのは。

おりんが、常吉に付き添われて山を越えて行くのを見たという人が現れたのは。常吉もおりんも、近郊ではよく知られた顔だったから、そんな人がいても不思議はなかった。

証言したのは、村の炭焼きの老爺でした。炭焼きの季節を終え、山を下りてきた老人は、朝もやに煙る山中の道を、関所に向かって急ぐ二人を見かけたのだと。そのおりんは泣いているように見えたとも。

それを聞いた瞬間、はっと目を見開かれる思いがしました。

常吉はひどく謎めいた人物なのです。一介の商人に見えて、猿渡焼の保護政策に携わる藩のお役人でもある。おやじさんと呼ばれて陶工に慕われる一方で、藩の重役とも対等に話す微妙な立場にある人だ。なぜ今までそのことに気がつかなかったのだろう。

そう、その時思ったことは、すべては藩ぐるみの陰謀ではないかということ。そう疑う余地はいくらもあったのです。

この竹次郎は、ゆくゆくは圓次郎窯を継いで四代圓次郎となり、猿渡焼の重鎮になると目されている男。ならばその嫁は、貧農の娘のおりんなどではなく、三代圓次郎の長女でなければならないはずだ。

圓次郎親方が自分を弟子に認めた時、いずれは娘婿に……と、望んだはずである。だが私にはおりんという許嫁がいたし、お佐世はまだ幼かったため、言い出せなかったのだろう。

だがそれは当然のこととして受け入れられ、その時から蕃ぐるみの陰謀が、着々と進められていたのでは。すなわちおりんは〝神隠し〟に遭っていなくなることに決められていた。

いよいよ機が煮詰まって、計画どおりおりんは連れ去られた。おそらく家族も、因果を含められていただろう。そのことで何がしかの金を受け取っていたかもしれない。

その後に耳にした悪い噂も、意図的に流されたものとも考えられる。

その推理には自信がありました。もろもろの身辺に生起した事柄や人物を結びつけていくと、すべてがぴったりと符合する。常吉のおやじさんは、いつもそういうことに関わっていたし、周囲の人々は皆、傷心の自分にひどく優しかったのだから。

考えてみれば、藩政と縁もゆかりもない野の人は、あの炭焼きの老人だけでした。

そうか、そういうことだったのか――。

私はこの時、初めて、自分を取り巻く世界を見たように思う。

選ばれた陶工として猿渡郷に迎えられること、人の世で夢を実現するということ、満ち足りた安全な生活を得るということ……。そうした輝かしいことどもの裏には、何かしら思いもよらぬからくりが潜んでいるのだと。

住む家も暮らしも保証され、惚れた女と所帯を持ち、自然の中で子を生み育て、一流の陶工として後世に残る――。そんな夢を見るのはやさしい。だが、それをやすやすと叶えるほどには神様は寛大ではなかった。

どれか一つを捨てれば、他の夢は叶えられたかもしれない。

だが自分は夢なんか捨ててもいいと思った。夢を捨て、欲望に忠実であろうと思った。

二十三といえば、まだまだ血気盛んな年頃です。自分はおりんの白く柔らかい肌が恋しい。それ以外の女では駄目なのだと一途に思い詰め、ここから出るしかないと決心したのです。

おりんがいない猿渡郷なんて、居るに値しない。どこかに生きているなら探し出してやり直したい、その一念でした。

逃げるんじゃない、連れ戻したかったのです。

「……おりんを見つけたかって？」

お茶を一口呑み、竹次郎は太い眉を開くようにして、その顔に微笑を刻んだ。

「辛抱強く常吉おやじを付け回したおかげでね、居所は何とか突き止めました。深川佐賀町の廻船問屋に奉公してますよ」

「まあ」

お瑛も愁眉を開いて、笑顔になった。

「じゃ、逢えたわけね？」

「いや、それがまだ……」

竹次郎は急に声を落とした。見張りがうろうろしていて、なかなか近づけないという。

不用意に近づいて見つかったら、申し開きの猶予も与えられず、その場で斬られる恐れがある。密かに人を介して連絡は取れていた。おりんからは、一刻も早く会いたいと言ってきている。

だがそれはためらわれた。常吉が背後に潜んでいるかもしれないからだ。ここまで慎重にことを進めてきて、最後に常吉の策略でおびき出されては元も子もない。

「ですから、おかみさんに取りなしをお頼みしたいのです。共通の知り合いで、信用ある人といえば、おかみさんしかいません。ご面倒でしょうが、どうかひとつ頼みます」

ぺこりと頭を下げた。

お瑛は竹次郎の周到さに舌を巻いた。乙吉に惜しげもなくくれてやった器だって、あらかじめ取りなしのお礼のつもりで持参したものだろう。

「お断りは出来ないわ。茶碗の借りがあるんですもの」

冗談めかして言い、真顔になった。

「ただ、取りなしって、どうすればいいの。そもそもどうすれば常さんに会えるのかしら」

「この竹次郎の申し開き状を渡して下さればいいんです。築地にある豊浦藩の江戸屋敷を訪ねれば、連絡がとれるでしょう。もちろん留守と言われ、すぐには会えないでしょうから、受付方に預けてくれるだけでいいですよ」

「申し開き状？」

「この竹次郎は藩を出たが、逃亡したんじゃない。まして技術を売るの何のと、藩を裏切るような真似をする気はさらさらない。神隠しにあった花嫁を探しに来ただけの、哀れな花婿ですよ、そのことは、誰よりも常吉おやじが承知しているはずです。花嫁は見つかった、だから連れて帰りたいと……」

「筋の通った話じゃありませんか」

「手前としてみれば、猿渡郷でなくてもいい、生まれ故郷に帰ればいいんです。四代圓次郎になれなくても構わない。この竹次郎は一陶工として、おりんと、窯の火加減を見ながら暮らしていきたいんですよ……」

お瑛は頷いた。かれは故郷を愛し、作陶を愛しているのだ。帰郷を許される資格は充分にあるだろう。

「ただ、おりんさんの気持ちはどうなんです？」

「そりゃ決まってるでしょう。突然、拉致されて江戸に連れて来られたんですからね。まずは逢いたいんだが、それだけはどうも剣呑でしてね」

「よく分かりました。でも常さんに申し開き状を渡しても、上の偉い方がどういうか」

かれは頷いて言った。

「まあ、すべては常吉おやじの胸ひとつでしょう。藩窯の機密に携わるお役人……平たく言えば隠密の頭領ですよ。現場で斬り捨てるも、許すも、あの人次第……」

あの常吉が、そんな重い立場にあるとは意外だった。

ただ常吉にしても、竹次郎を斬るのが目的ではあるまい。秘密が流失したのならいざ知らず、竹次郎が藩を出た目的は極めて同情に値することであり、今は帰郷を望んでいる。猿渡九谷の将来を考えたら、生かしておいた方が有益に決まっているのだ。

「分かりました。乙吉に数日の猶予を頼んだのは、常さんを説得する期間なのね」

「そうです」

「早く手を打たないと、また怒鳴り込んでくるかも」

「どうかよろしく頼みます。私との連絡はここへ……」

かれは一通の封書を渡して、神田明神に近い小さな神社の名を口にした。

深川っ子の市兵衛にそれとなく事情を話し、深川佐賀町の廻船問屋について訊いてみた。子どもの頃、アサリを売り歩いていたかれは町の事情に詳しいのである。

「能登屋ですね、加賀の商人がよく出入りする店とすれば」

市兵衛は言下に言った。

「あそこは北前船の行かない湊《みなと》に、盛んに船を出してますよ。加賀から陸路運んできた陶器や漆器などを、西は小田原、北は八戸あたりまで送り出すんです。代わりに湊で積んできた干物や酒や醤油を江戸の商人におろす……。かなり繁盛してますよ」

お瑛は納得した。

常吉は、猿渡焼を積み出す出入りの廻船問屋に、おりんを預けたのだ。いつも誰かしらの監視の目を頼めるし、御用商人の溜まり場でもあるだろう。だから竹次郎はうかつに側に近寄れないのだ。

5

「ご免下さいまし」

お瑛は日傘を畳むと、加賀屋と染め抜いた紫色の暖簾を分けて、中を覗いた。

土間には上がりがまちが迫っていて、広い座敷のあちらこちらに煙草盆と団扇が置かれている。座敷の向こうに縁側があり、涼しげな中庭が見えている。店はがらんとしていて、風鈴の音がした。

へい、と帳場から老番頭が頭を上げた。

「あの、あたし、日本橋の蜻蛉屋という店の主ですけど、お尋ねしたいことがございまして。お手数ですがほんの少しだけ」

「はあ、どういうことでございましょう」

番頭はすぐに出てきて、上がりがまちに座布団を出してすすめた。

お瑛は腰をおろし、塩釜から定期的に反物を運ばせたいこと、こちらからも暖簾や小物を送る計画があることを話し、それにかかる費用や日数などの詳細を問いただした。

番頭は眼鏡をかけ直し、帳簿を見ながら親切に説明してくれた。その間、若い女中が冷やした麦茶を運んできた。まだ十五、六だから、この娘はおりんではない。

お瑛はそれとなく辺りを窺った。

池のある涼しげな庭の向こうに、白い土蔵が見えている。蔵の裏は掘割に接しているのだろう。桟橋に船が着いているらしく、がやがやと遠いざわめきが聞こえ、どうやら店の者は皆、そちらに出払っているようだ。

その時、年配の客が一人暖簾をくぐって入ってきた。

「ああ、丸子屋さん、おいでなさいまし。ちょっと、誰か……」

番頭が呼ばわると、奥から透き通るような声がした。

「はーい、ただいま」

土間を走るようにして出て来た娘を見たとたん、お瑛ははっと息を呑んだ。そこにすらりと立ったのは、面長な色白な顔に鬢をふっくらと張り、おしどりに結って緋鹿の子を結んだ美しい娘だった。紺絣の着物に前垂れという地味な仕事着が、かえってその涼しげな器量を目立たせている。

お瑛は恐縮したように立ち上がり、大体のことは分かったからと番頭に礼を言った。頭を下げた時、袖に茶碗がひっかかって転がり、飲み残しの麦茶がこぼれ出た。姑息な芝居とは思ったが、とっさの時はそれも仕方がないのだ。

ごめんなさい、とお瑛はあわてたように娘に向かって頭を下げ、帯の間から懐紙を取り出した。

「ああ、どうぞそのままにして下さい」

娘はすぐ引っ込んで、雑巾を手にして現れた。番頭はすでに丸子屋なる客を座敷に上げ、にこやかに応対している。

「おりんさん……？」

直感でそんな言葉が飛び出した。はっとしたように相手は目を上げた。間違いなく、黒目がちの大きな目だ。お瑛は表情で合図し、暖簾を分けて外に出る。強い日差しが目を射た。

「あたし、蛸蛉屋のお瑛です。昨日竹次郎さんに話を伺いました」

低い声で囁いた。すると相手は頰を染め、思いがけなく頷いたのである。

「存じてます。手紙に、お瑛さんに取りなしを頼むと書いてありました」

それなら話は早い。

仲介の労を取る以上、自分なりにおりんの気持ちを確かめておきたかった。常吉らがまたどんな画策をするか分からない。その前に、本当のところを押さえておこうと思ったのだ。

「竹次郎さんは、おりんさんを連れ帰ると言ってますよ。どうですか、一緒に帰る？」

「はい、そう願っています」

「何があっても？」

「はい、何があっても……」

低いがはっきりした声で言い、ふと涙ぐんだ。恥じらったようにそれきり俯く風情は、これが加賀の僻村から出て来てまだ一年そこそこの田舎娘かしらと、目を疑うような艶麗さだった。

「それを聞いて安心しました」

お瑛は思わず微笑んだ。

あの竹次郎が惚れ込み、四代圓次郎になる夢を捨て、法を破ってまで迎えに来た女である。それだけのことはあるだろう。この二人には、出来る限りのことをしたいとお瑛は思った。

その時、賑やかな笑い声が裏庭の方から近づいてきて、おりんの名を呼ぶ主人らしい人の声がした。おりんははっとしたように黒目がちな目を上げ、眩しそうにお瑛を見た。

おりん、おりん……としつこく声が追いかけてくる。

はーい、ただいま、とおりんは声を弾ませた。

「舟が着いてるんですね」

「ええ、いえ、ご隠居様がしばらくぶりに朝から芝居見物に行きなさって。でも今日の海老蔵《えびぞう》は気に入らないと、早々と舟でお帰りになったんです。たぶんお年で、お疲れだったんでしょう」

おりんは笑って言い、よしなに頼みますと深々と頭を下げて、暖簾の奥に消えた。

それから三日後の午後のことだ。

お瑛は小伝馬町の近くに用があって、日本橋通りを抜け、饐《す》えたような水の臭いがするどぶ川の河岸を急いでいた。日が差しては雲に隠れ、小雨がぱらついたとみるとまた日が差す。そんな変わりやすい天気だったから、傘もささない。

いつも人通りが少なく、昼は引ったくりや抱きつき掏摸《すり》、夜は痴漢や居直り強盗などが多い、物騒な場所だった。

「おかみさん……」

背後から低い声で呼ばれた時は、ドキリとして、思わず懐を手で押さえた。金一封を懐にしのばせているのだ。一昨夜、小伝馬町のあたりで火事があり、お客の長唄の師匠の家が類焼したという。とりあえず火事見舞いを、と商売の合間に店を抜け出してきたところである。

振り返ると、ひょっこり常吉が立っている。どこから現れたか、手拭いで頬かむりをし、裾をからげ、懐手をして、追いはぎか何かと見まがう恰好だった。

「あら、常さん……」

「昨日はどうも」

昨日の夕方、お瑛は自ら豊浦藩の江戸屋敷に出向いたのである。常吉は留守だった。

夜になれば戻ると聞いて、受付方に封書を託した。竹次郎の訴状に、折り入って話したいという自筆の手紙を添え、厳重に封をして渡した。

それを常吉は、夜になって受け取ったという。

竹次郎については、もう決着をつけなければならぬ時期だった。深川界隈に出没するのは知っていたが、町の地理をよく心得ていて、追えば、追っ手を巻いて逃げてしまう。おりんを使って誘き出そうとしても、乗ってこない。したたかな男だった。

「こんな所でご挨拶するのも何ですが、この常吉、ようようこのくそ暑い江戸を出られそうですわ」

かれは肩を並べて、一緒にゆっくり歩き出しながら言った。

「まあ、どうして」

「結局、あの二人を国に連れて帰ることにしたんです」

お瑛は思わず立ち止まった。

「では、竹次郎さんの申したては認められるのね？」

「認めるも何も、あたしごとき御用商人には何とも……」

常吉は手拭いでしきりに汗を拭き、澱んだ川面を眺めた。

「まあ、ここは二人を連れ帰って、上の判断を仰ごうってことですよ」

「じゃ、お裁きを受けて、お咎めを受けることもあるわけ？」

「うーん、それはどうですかね。あれだけ腕のたつ陶工です。猿渡郷には戻れないにしても、藩もみすみす見捨てはせんでしょう」

常吉がそう言ってるのだからそうなのだろう。すべて常吉が決めることなのに違いない。

雲間からまた日が差して、河岸に捨てられた古筵《むしろ》の周りに絡まって咲く昼顔を、浮き上がらせた。お瑛はその場にしゃがんで、昼顔を目近に見ながら言った。

「あの、ちょっと立ち入ったことを言うようですが、おりんさんを連れ出したのは常さんでしょう？」

常吉は咳払いし、腕に止まったやぶ蚊をぴしゃりと叩いた。質問に答える気はないらしい。

「つまり、なぜそんなことを言うかといえば、一つだけ釘をさしておきたいの。おりんさんが帰りたがってるってことは、ちゃんと確かめましたからね。今度もまた、神隠しなんかが起こらないように願います」

常吉はしばらく黙って、腕や足をぴしゃりぴしゃり叩いていたが、やがてぼそりと言った。

「あたしゃ、よく知りませんがね、竹次郎は圓次郎窯を継ぐ立場にあった。だからおりんを引き離さなければならなかった……。そういうことでしょう。窯を継ぐような深い事情でもなけりゃ、神隠しは二度起こりません。まあ、来年、きっといい便りを持って来ますって……」

お瑛は立ち上がって頷いた。嬉しかった。この常吉がそう言うのだから、そうなのだろう。

「そうね、来年はお目出度い便りを期待してますから」

「そんなわけなんでおかみさん、竹次郎に、江戸屋敷まで出頭するよう、申しつけてくれませんか」

連絡を受けて竹次郎はその日のうちに出頭し、身柄を拘束された。

間もなくおりんから手紙が届けられ、竹次郎との帰郷を許されたことを報せてきた。申し立てが、意外に早く受け入れられたのは、竹次郎の真摯な訴えと、お瑛の取りなしのおかげに違いない、とお礼の言葉が綴られていた。

出発は五日後の未明と決まった。

常吉が帰郷の段取りを急いだのは、帰心矢のごとくということもあろうが、秋にかかって大嵐に遭遇するのを恐れたようだ。

中山道の先は、険しい山中の道と聞く。長旅をしたことのないお瑛は、街道筋を行く道中駕籠だの、起伏の激しい山道を行く時の山駕籠など、あれこれお客に聞いて、想像を巡らしていた。

他に豊浦藩の御用商人が七、八人、おそらく監視役かたがた一緒に帰郷するらしい。

集合は八月十日の寅の刻（朝四時）、日本橋の南橋詰めにある高札場という。

6

その日。お瑛は真っ暗なうちから起き出し、お民とお初に手伝わせて、握り飯を山ほどこしらえた。

暑い盛りだから、海苔を巻いた中は紀州の梅干し。お菜には塩鮭の焼いたもの、口直しに甘い卵焼きと、お初の自慢の夏野菜の一夜漬けをつけた。

それらを幾つかに分け、経木に包んで縛り、風通しのいい藁籠に並べ入れた。

お民と分担して両手に下げ、集合時間より四半刻（三十分）早く家を出た。外はまだ暗かったが、闇の底がほんの微かに明るみ始めている。木戸では番太郎にわけを話して通してもらい、日本橋通りを南に急いだ。

カタカタと下駄の音を響かせてお太鼓橋を渡り始めて、お瑛は思わず立ち止まった。

「きれい……」

欄干の擬宝珠《ぎぼし》も、橋の向こうに広がる家々の甍《いらか》も、まだ闇に沈んでいる。お城の森が、闇を圧するように黒々と暗い中に浮き上がっていた。

だが正面左手、すなわち東に見える海の端がほんのり明け初め、幾筋《そ》もの横雲が赤く染まっている。一方で、右手の西空はまだ夜の闇を纏っていて、富士山が黒い影になって見えた。

近くに住んでいても、なかなかこんな夜明け前の絶景を見ることはなかった。

下を見おろすと、朝もや漂う川面をすいすいと船が滑っている。白い土蔵が並ぶ北岸の魚河岸はもう競りが始まったのか、そのあたりにどよめきがあがっていた。

ひんやりした清冽な空気を吸い込んで、またカタカタとお瑛は歩き出した。

南橋詰め右側を見ると、高札場の薄闇の中に、七、八人の男達の影が動いていた。

近寄って行くと、尻端折りに股引き、手甲脚絆に、草鞋に、日よけの編み笠と、しやっきり旅支度を整えた姿が浮かび上がる。

誰もが旅馴れているのだろう、ただ黙々と馬に積んだ荷を確かめたり、草鞋を締め直したりしている。煙管をくゆらす煙の匂いが、うっすらと鼻先を掠めた。

「おはようございます」

「ご苦労さんです」

張りつめた静寂を破って、常吉と竹次郎の声が飛んできた。そばに寄ってきた二人と挨拶をすませ、差し入れの弁当を渡したものの、紅一点のおりんの姿が見えない。

「おりんさんはまだ……?」

「おっつけ来ますよ。迎えが行ってますんで」

莨を煙管に詰めながら常吉が鷹揚に言った。

お瑛は少し離れた石の上に腰をおろした竹次郎に近づき、囁いた。

「ねえ、これであの圓次郎茶碗の借りは返したかしら?」

「お釣りを出したいくらいですよ、おかみさん」

竹次郎は笑みを浮かべて言った。乙吉もあれきり姿を見せないところをみると、おそらく無事に換金出来たのだろう。

「ああ、もしお釣りが出るなら、あなたが焼いた猿渡九谷で返してちょうだい。ぜひうちに置かせてほしいのよ」

「それは構いませんが、さて、売れるかどうか……」

そんな軽口を交わしながらも、橋を渡ってくる人影があるたび、素早くかれの目が追いかけた。あの薄闇から現れるはずのおりんの姿を、一瞬も見落とすまいとしているようだ。

だが朝靄の中から風景が鮮明に立ち上がってくる頃合いになっても、待ち人は現れない。それぞれに時を過ごしていた皆の目は次第に橋上に集中し始め、娘らしい姿が見えるたび、あれかな、などと呟く声が聞こえてくる。

皆で橋ばかり見ていたため、川下から漕ぎ渡ってくる一艘の小舟には、誰も気がつかなかった。お瑛だけは、舟が近くの桟橋に着き、一人の旅姿の男がひらりと飛び下りるのを見ていた。しかし舟はそのまま岸を離れていき、おりんの姿はない。

不審に思って見ていると、男は常吉のそばに走り寄って、何事か囁いた。その時になって、皆はようやく視線を常吉に集中させた。おもむろに、常吉は舌で唇を舐め回し、立ち上がった。一呼吸おいてぼそりと言った。

「おりんは来ない」

さっと緊張が走った。

竹次郎の顔から笑みが消え、ゆっくり立ち上がる。

「おやじさん、また神隠しですか」

「いや、これはおりんの意志だ、江戸に残りたいそうだよ」

「そんな馬鹿なことがあるもんか、何かの間違いです」

その全身から怒気が立ち昇るのが分かった。

「おい、竹、どこへ行く気だ？」

常吉が追いすがる。

「これからおりんを迎えに行ってくる」

「や、止めたがええ」

舟で帰った男が、慌てて竹次郎を押しとどめた。

「ほんまにこれはおりんさんの気持ちやで。わしも何度も説得したんや、けどおりんさんは泣くばかりで、とうとう首を縦に振らへんかった」

「おりんが帰らないわけがない、あんたらのせいだろう、今度はどう脅したんだ、え、何て言って因果を含めた？」

怒りに満ちた竹次郎の言葉に、さすがに常吉はうろたえる風も見せず、大きく首を振った。

「落ち着くんだ、竹、そりゃあ違うぞ。今度は皆そろって故郷《くに》に帰ろうと、こうして日を決めて集まったんやないか。ここにいる皆が証人だ、なあ、そうだろう？」

同意を求められた商人らは、皆それぞれに頷いた。

「なら、わけを聞かしてもらおうじゃないか。おりんの胸の内は、この蜻蛉屋のおかみが確かめて下さった、おかみさん、そうでしょう、おりんは帰ると言ったんですね？」

お瑛は大きく頷いた。

だがその時、何かしら不透明なものがヒヤリと胸を撫でるのを感じた。あの時おりんが、涙を流して帰りたいと言ったのは確かである。よしなに頼みますとも、お瑛に後を託したのだ。

だが予想外におりんが潑剌としていたのも確かだった。名を呼ばれて、はーい、ただいま、と返した時の、弾むような声の響きは何だったろう。

あの涙は、わざわざ迎えに来た恋人と晴れて帰れる嬉し涙であったのに間違いない。その半面、もっと馴染んだ江戸に対する未練がなかったと言えるだろうか。あの時、おりんの心は激しく揺れていたのだと、今にして思い当たる。

「ほら、おかみさんが証人だ。あれから急に心変わりしたのは、いったいどういうわけですか」

竹次郎は意気込んだ。その時、使いの男が、思い出したように懐から一通の封書を取り出し、竹次郎に押しつけるように渡した。

「手紙を預かってきた。わけはすべてここに書いてあるそうや」

竹次郎は手紙を引ったくるようにして取ったが、開こうとせず、ただ呆然と橋を見やった。おりんはあの橋からやってくると信じているように、ぽつりぽつりと渡ってくる通行人をなお目で追い続ける。

お瑛は息を呑んで見守っていた。

こんな展開になるとは思いもよらなかった。ただ加賀屋で会った時の、微かなひっかかりが、的を射ていたらしい。ほんの少し地平線に顔を覗かせていた黒雲が、一気に空を覆ったようだ。

あの生き生きした様子からは、江戸での暮らしを満喫しているおりんの姿が窺えた。美しくて気働きのするおりんは、おそらく店の主人からも奉公人からも重用されているのだろう。出入りの客や、船のいなせな若い衆にも、人気があるに違いない。

祭りや、縁日や、花火、見世物、芝居と、この町には華やかなことが溢れている。引き換え、これから許嫁と共に帰る先は、猿が渡るような山郷の僻村である。〝神隠し〟に遭ったことにして、村ぐるみ藩ぐるみで自分を追放した非情な故郷だ。そこに待っているのは、古いしきたりや迷信に縛られた人々である。

竹次郎への気持ちは変わらなくても、花嫁になろうとしてなれなかった屈辱や怨念が、一年やそこらで消えたとは思えない。

おりんがかれらのもとに戻るのを拒んだとして、誰が責められるだろう。山里で窯の火を見て暮らす日々より、江戸での暮らしを選ぶのは罪だろうか。

今、お瑛には分かるような気がする。若い娘心を惹き付けてやまぬ、この江戸という町の魔力を。おりんはここで、水に帰った魚のように、自分を取り戻した。

おりんのあの涙は、竹次郎のもとに帰りたくても帰れない自らへの、憐憫だったかもしれない。

7

「よし分かった……あんたらを信じよう」

竹次郎は封も切らずに手紙をビリビリ引き裂くと、雪のようにその場に散らした。

「たぶんおりんは心変わりしたんだろう。好きな男ができたなら、それはそれで仕方がない。だがあいつが帰らない以上は、この竹次郎も帰らない。その覚悟で故郷を出てきたんだから」

「おいおい、おまえを江戸に残すわけにはいかんぞ」

「残るとは言ってないですぜ、おやじさん」

開き直ったように言うと、やおら川に向いてその場に座り込み、頭を垂れて首筋をなでた。

「おれは罪人だ、さあ潔《いさぎよ》く、すっぱり斬っておくんなさい」

「竹、何を馬鹿なことを……」

「いや、もう死場所を探すのも面倒です。一刻も早くこの世をおさらばしたい。お互いの立場を考えりゃ、ここで斬ってもらうのが一番だ。どうかひと思いに頼みます」

てこでも動きそうにないその様子に、さすがの常吉も参ったようで、チラとお瑛を見やった。同行の人々も、凍りついたように立ち竦んでいる。

お瑛もどうしていいか分からなくなっていた。竹次郎は何が何でも死ぬ覚悟だ。思えば短い付き合いだが、この竹次郎ほど腹の据わった男は見たことがない。いったん言い出したら、滅多なことで引きはしないだろう。

一方、おりんの心も本当に違いない。悩んだあげくの選択だとしたら、今さら説得する余地はない。

破り捨てた手紙の紙片が、微風に舞っていた。

呆然とその先を目で追っていて、道を挟んだ高札場の向こう側に、人が集まっているのに気がついた。そこは晒場《さらしば》になっていて、縄で仕切られたほぼ六間四方の広場に小屋がかけられており、よく死罪か島送りになる罪人が晒されているのだった。

お瑛も子どもの頃に、何度か見に来たことがある。水野様の御改革が始まってからは、特にその数が増えていた。

先ほど橋を渡ってきた時は誰もいなかったのに、いつの間に連れてこられたのだろう。小屋の筵の上に、縄で縛られた男女がぺたりと正座していた。遠見だが、どうやら若い商人風の男と、どこぞの若いおかみといった風情の女に見える。

罪状を記した捨て札を、役人が立てているのを、橋を渡ってきて人々が、三々五々立ち止まって眺めていた。

思わずお瑛は、竹次郎の背に向かって囁いた。

「竹次郎さん、ちょっと晒場を見てご覧なさい」

「…………」

「世の中、いろいろあるものねえ」

竹次郎は何のことかと驚いたように、少しばかり頭をねじ曲げ、肩ごしにそちらを見やった。その場からどの程度、晒場の二人が見えたか分からない。

だが何が竹次郎を刺激したのだろうか。縛られた二人を一瞥するや、突然かれは肩を震わせ、声に出してしゃくり上げ始めたのだ。

思いがけない反応に、お瑛は目がくらむような気がした。縄で結びつけられている二人が羨ましかったか、浅ましかったか、それとも……。

時間が止まったような中で、お瑛も涙しながら思った。かれはただ泣きたかったんじゃないかしら、と。ただただ子どものように泣きたかったのだ。

見上げると、空はもう青みが濃くなって、江戸の町はもう起き出していた。鬱蒼としたお城の森から、耳を聾するほどの蟬の声が押し寄せている。

どのくらい時がたったろうか。竹次郎は頭を上げ、手拭いで顔を一拭きすると立ち上がった。

「おやじさん、遅らせてすまなかった。そろそろ行きますか」

「…………」

常吉は一瞬その顔を見返したが、何も言わずに肩を叩いた。

人形のように棒立ちだった同行者たちは、魔法が解けたように動き始め、たちまち隊列が整っていく。

道中お達者で……。また来年……。口々に言い交わし、隊列は去っていった。

お瑛はその場に佇んで、姿が見えなくなるまで見送った。目の奥には、竹次郎から聞いた北陸の荒れた海が浮かんでいる。潮鳴りが轟き、空は灰色に垂れ込め、グミの原が果てしなく続く海岸だ。

たぶん竹次郎も、同じ景色を胸に浮かべていたような気がしてならない。竹次郎の思いが伝わってくるのだ。江戸でのことはすべて夢だ、自分はあれからずっと北を目指してあのグミ原を彷徨っているのだと。

お太鼓橋の中ほどに戻りかけた時、明け六つの鐘が鳴り出した。

お民を先に帰して、お瑛はいましばらく立ち止まっていた。

何か強い思いにせきあげられ、一行の消えていった方角をいま一度、振り返る。

いつかあの人は、あたしが瞠目するような猿渡九谷を焼くだろう。そんな気がした。

鈍色と鮮烈な原色が交錯する幻想的な上絵が、すでにお瑛の目に浮かんでいた。

時代小説
二見時代小説文庫

日本橋物語《にほんばしものがたり》 蜻蛉屋《かげろうや》お瑛《えい》

著者 森《もり》 真《ま》沙《さ》子《こ》

発行所 株式会社 二見書房
東京都千代田区三崎町二―一八―一一
電話 〇三―三五一五―二三一一［営業］
〇三―三五一五―二三一三［編集］
振替 〇〇一七〇―四―二六三九

印刷 株式会社 堀内印刷所
製本 ナショナル製本協同組合

 ISBN978−4−576−07037−7
http://www.futami.co.jp/

初秋の剣 大江戸定年組
風野真知雄／人生の残り火を燃やす旧友三人組。市井小説の傑作

菩薩の船 大江戸定年組2
風野真知雄／元同心、旗本、町人の三人組を怪事件が待ち受ける

起死の矢 大江戸定年組3
風野真知雄／突然の病に倒れた仲間のために奮闘が始まった

下郎の月 大江戸定年組4
風野真知雄／人生の余力を振り絞り難事件に立ち向かう男たち

金狐の首 大江戸定年組5
風野真知雄／隠居三人組に持ちかけられた奇妙な相談とは…

善鬼の面 大江戸定年組6
風野真知雄／小間物屋の奇妙な行動。跡をつけた三人は…

神奥《しんおう》の山 大江戸定年組7
風野真知雄／奇妙な骨董の謎を解くべく三人組が大活躍！

逃がし屋 もぐら弦斎手控帳
楠木誠一郎／記憶を失い、長屋で手習いを教える弦斎だが…

ふたり写楽 もぐら弦斎手控帳2
楠木誠一郎／写楽の浮世絵に隠された驚くべき秘密とは!?

刺客の海 もぐら弦斎手控帳3
楠木誠一郎／人足寄場に潜り込んだ弦斎を執拗に襲う刺客！

二見時代小説文庫

栄次郎江戸暦 浮世唄三味線侍
小杉健治／吉川英治賞作家が叙情豊かに描く読切連作長編

間合い 栄次郎江戸暦2
小杉健治／田宮流抜刀術の名手、栄次郎が巻き込まれる陰謀

見切り 栄次郎江戸暦3
小杉健治／栄次郎に放たれた刺客！誰がなぜ？第3弾

憤怒の剣 目安番こって牛征史郎
早見 俊／巨躯の快男児・花輪征史郎の胸のすくような大活躍！

誓いの酒 目安番こって牛征史郎2
早見 俊／無外流免許皆伝の心優しき旗本次男坊・第2弾！

虚飾の舞 目安番こって牛征史郎3
早見 俊／征史郎の剣と、兄・征一郎の頭脳が策謀を断つ！

雷剣の都 目安番こって牛征史郎4
早見 俊／秘刀「鬼斬り静麻呂」が将軍呪殺の謀略を断つ！

木《こ》の葉《は》侍 口入れ屋 人道楽帖《ひとどうらくちょう》
花家圭太郎／口入れ屋〝慶安堂〟の主人が助けた行倒れの侍は…

夏椿咲く つなぎの時蔵覚書
松乃 藍／秋津藩の藩金不正疑惑に隠された意外な真相！

桜吹雪く剣 つなぎの時蔵覚書2
松乃 藍／元秋津藩藩士・時蔵。甦る二十一年前の悪夢とは…

二見時代小説文庫

快刀乱麻 天下御免の信十郎1

幡 大介／雄大な構想、痛快無比！波芝信十郎の豪剣がうなる！

獅子奮迅 天下御免の信十郎2

幡 大介／将軍秀忠の「御免状」を懐に関ヶ原に向かう信十郎！

刀光剣影 天下御免の信十郎3

幡 大介／山形五十七万石崩壊を企む伊達忍軍との壮絶な戦い

影法師 柳橋の弥平次捕物噺

藤井邦夫／奉行所の岡っ引、柳橋の弥平次の人情裁き！

祝い酒 柳橋の弥平次捕物噺2

藤井邦夫／柳橋の弥平次の情けの十手が闇を裂く！

宿無し 柳橋の弥平次捕物噺3

藤井邦夫／弥平次は入墨のある行き倒れの女を助けたが…

道連れ 柳橋の弥平次捕物噺4

藤井邦夫／老夫婦の秘められた過去に弥平次の嗅覚がうずく

誇《ほこり》 毘沙侍《びしゃざむらい》 降魔《ごうま》剣1

牧 秀彦／浪人集団〝兜跋組〟の男たちが邪滅の豪剣を振るう！

遊里ノ戦《いくさ》 新宿武士道1

吉田 雄亮／内藤新宿の治安を守るべく組織された手練たち

二見時代小説文庫